〈ナルマーン年代記〉短編集　王達の戯《たわむ》れ

目次

プロローグ

大砂漠。

砂の大海原《おおうなばら》とも呼ばれるこの地には、はるかな昔より数々の国や集落が生まれては、年月と共に砂にのみこまれ、忘れられていったものだ。

だが、どんなことがあろうと、決して忘れられることのない国が一つだけある。

ナルマーン。

一つの都にして一つの国。

砂漠でありながら、青い水が尽きることなくあふれた都。美しい玉石をしきつめた道。中心にはとてつもなく大きな水の塔がそびえ、その上には銀の三日月宮ウジャン・マハルが船のように浮かべられていたという。

まさしくそれは奇跡の国であった。しかも、この国は一夜にして造りあげられたと言われている。

それを成し遂げたのは無数の魔族であり、それを命じたのは一人の青年であった。

青年の名はイシュトナール。人でありながら魔族を支配することができた彼は、ナルマーンの初代王となった。

それ以後、イシュトナール王家は魔族達を操り、人では決して成し遂げられない富と栄光をナルマーンに与え続けた。

だが、ナルマーン暦三百七十年、突如《とつじょ》、魔族達は反乱を起こした。それまで仕えていた王族を殺し、ナルマーンから姿を消したのである。

混乱する民を束ねたのは、当時大臣であったセワードであった。彼はそのまま王座に就き、セワード一世としてナルマーンを治めた。

だが、セワード王朝は三代で終わった。その原因となったのは、国自体の衰《おとろ》えだった。魔族が消えたことで、ナルマーンの水と富は失われた。初めはセワード王家をたたえていた民も、次第に王家への不満と怒りと嘆きを募らせていったのだ。

かつての栄光を取り戻したい。

焼けつくような願いに取り憑《つ》かれ、ついには魂すらのみこまれてしまったのが、セワード三世の乳兄弟、サルジーン将軍であった。

ナルマーン暦四百四十二年、サルジーン将軍は謀反《むほん》を起こし、セワード三世から王座を奪った。

齢《よわい》三十一の新王を、ナルマーンの人々は歓迎したという。困窮《こんきゅう》王と呼ばれていたセワード三世よりも、生粋《きっすい》の武人であるサルジーン王のほうが、国を栄えさせてくれると、その時は信じていたのだろう。

だが、それは大きな間違いであった。

サルジーンは血に飢えていた。あまりにたやすく王座が手に入ったことに、逆に満足できなかったのかもしれない。とにかく、ナルマーン王となった彼は、大砂漠の全てを手に入れんと、侵略と殺戮《さつりく》の限りを尽くすようになったのだ。

凶王の恐怖は十九年間も続き、多くの国が飲みこまれ、多くの命が奪われた。

だが、サルジーンの野望は、一人の男によって阻《はば》まれることになる。その男は、イシュトナールの末裔《まつえい》を名乗り、自分こそはナルマーンの正統な王であると宣言したのだ。

ナルマーン暦四百六十一年、イシュトナールの末裔は、義賊「赤いサソリ団」と手を組み、サルジーンと激突。最後は一騎討ちにて見事サルジーンを討ち果たし、ナルマーンの新たな王イシュトナール二世となった（この一騎討ちを目撃した者がおらず、サルジーンの首もさらされることがなかったため、サルジーンを倒したのは彼ではないという説もある）。

彼はこれまでの王とは違い、魔族がいなくとも国が発展する方法を生みだすことに力を入れた。その尽力によって、ナルマーンは少しずつ力を取り戻していったのだ。

これが俗に言う「復活王の政《まつりごと》」である。

以上が、歴史書に書かれたナルマーン国の歴史だ。

だが、どんな書物にも書かれていない真実のかけらは、無数に存在するものだ。そのかけらは、それぞれに物語を秘めている……。

1

絹の都の姫君

ナルマーン暦四百七十七年。

凶王《きょう》サルジーンが滅ぼされてから十六年の月日が流れた。サルジーンによって一度はずたずたにされた大砂漠であったが、その深い爪痕《つめあと》も少しずつ薄れつつあった。

鍛冶《かじ》屋やガラス職人などがしのぎを削る匠《たくみ》の都シャスーン。

宝石や貴石がきらめく石の都ケルバッシュ。

あらゆる情報が集まる鳥の都サクルッタ。

音楽と芸術をなにより尊ぶ楽の都ムリタヤ。

弔いと穢《けが》れた魔術に満ちた黒の都ジャナフ・マウト。

糸と布を司る絹の都ハタリース。

そして、かつては水の都と呼ばれ、今は復活王イシュトナール二世により、学問と科学の発展を遂げたナルマーン。

大砂漠を代表する七都は、それぞれが傷と痛みを乗りこえ、平穏な日々と豊かさを取り戻そうと、努力を続けていた。

そんなある夜、一人の若い女が絹の都ハタリースより逃げだした。宝石をつめた袋を腰にくくりつけ、その腕に幼い赤ん坊を抱きかかえ、目に恐怖を宿らせて……。

逃げている女は、絹の都の領主イフメドの寵姫《ちょうき》であった。

イフメドはこよなくこの女を愛していたが、女はむしろそれを疎《うと》ましく思っていた。

もともと、望んでその身分になったわけではない。女は、あちこちを旅して舞や踊りや曲芸を披露する一座の一員であった。だが、イフメドに一目惚《ぼ》れされ、半ば強引に寵姫にされてしまったのだ。

おまけに、イフメドにはすでに正妻がいた。正妻の、女への怒りと憎しみは強烈なものだった。今に本当に殺されてしまうのではないかと、賢い女は常に怯えていた。

だから、生まれてきた子が娘だった時、女は喜びの涙を流した。絹の都ハタリースでは、跡継ぎになれるのは男だけと決まっており、女が家長になれるのは、男兄弟がいない時だけだ。冷酷な正妻も、取るに足らない存在だと、娘のことを見逃してくれるだろう。

そう思った。

だが、女の願いは叶わなかった。

生まれてから数月経ち、首がすわり始めた娘の瞳の色が、薄茶色から金色に変わってきたのである。

それを見て、領主イフメドは感嘆の声をあげたのだ。

「黄金の瞳か！　ハタリースを築いた始祖、ラー・ネフェルタンも同じ色の目をしていたという。よし。偉大な先祖にならい、名前はネフェルタにしよう。……この子こそ、私の跡継ぎにふさわしいのかもしれないな」

領主としては愛する寵姫を喜ばせるつもりであったのかもしれない。

だが、女は震えあがった。

なんてことを。侍女や召使い達がいる前で、そんなことを大声で言い放ったら、それはすぐにも正妻達に伝わってしまうというのに。

その日のうちに、女は赤子を連れて逃げることにした。

夜、皆が寝静まった頃、女は秘かに動きだした。乳と共にわずかな眠り薬を飲ませたおかげで、赤子はぐっすり眠っており、抱きあげてもまったく起きなかった。

それを確かめたあと、女は豪華な衣を脱ぎ捨て、身軽で目立たない男物の着物に着替え、用意した荷と赤子を抱いて、そっと外へと抜けだした。もともとは軽業師であったので、赤子を連れていても、屋敷の塀を乗りこえることなど造作もなかった。都を囲む石壁すら、わけなくよじ登り、越えることができた。

そうして都の外に出たあとは、近くにある集落で馬を一頭買い求め、それにまたがった。行き先は南とだけ決めていた。絹の都ハタリースは、大砂漠の南端近くにあったからだ。

とりあえず大砂漠を抜ける。

そのことだけを考えて、女は馬を走らせた。寵姫としての日々で、手足は弱く柔らかくなっていたが、抱いている娘の重みが女に鋼《はがね》の力を与えてくれた。

夜明けが近づいてきた時、女は地平線が黒々とした影を帯びているのを見た。果てしないと思われた大砂漠が終わり、南の密林セバイーブが見えてきたのだ。

女は一気に勇気づけられた。

南方大国に向かうため、何度も一座と共に抜けたことがあるセバイーブ。毒蛇や毒虫は多いが、水と果物は豊富で、大砂漠よりは生き抜きやすい。

それに、セバイーブには一応、道もある。それを通っていけば、大海に望む港町シャルディンに着くことができる。そこで船に乗り、アービア諸島に向かおう。無数の島々でなりたつアービア諸島なら、いくらでも身を隠せるだろう。

ようやく行き先を決め、女はセバイーブへと近づいていった。そうして、日が昇りきる前に、密林に入ることができた。

密林は、ほのかな闇とじっとりとした蒸し暑さに満ちていた。そこここから鳥の鳴き声が聞こえ、ざわざわとしている。

大砂漠とはまた違う危険を、女は感じた。

獣除けの呪いがほどこしてある道であれば、少なくとも猛獣に襲われる心配はない。早く道を見つけなくては。

だが、ここで赤子が目覚め、激しく泣きだしてしまった。

女は慌てた。大きな声は獣を引き寄せやすい。馬に乗ったまま乳を飲ませようとしたが、うまくいかなかった。

しかたなく、馬から降りて、あやしにかかった時だ。

女は右足のかかとにチクッと、小さな痛みを感じた。

下を見て、息をのんだ。

こぶしほどの大きさの蛙《カエル》がそこにいた。目にも鮮やかな紅《あか》色の体を光らせ、ぎょろっとした目でこちらを見あげていたのだ。

肉吸い蛙。毒つばを獲物に打ちこみ、獲物が死んだあと、毒で柔らかくなった肉をゆっくりとすするという恐るべき生き物だ。「セバイーブの死神」という異名もある。

女は我に返るなり、足を振りあげて蛙を踏みつぶした。だが、その時には右足は大きく膨れ始めていた。肉がはじけんばかりの痛みは、足からふくらはぎへ、そして腹へと、またたくまに広がっていく。

毒が全身を駆けめぐっていくのを感じながら、女はなんとか赤子を馬の鞍《くら》に乗せようとした。馬にくくりつけておけば、もしかしたら娘は生きのびることができるかもしれない。

だが、泣きわめく娘は重かった。こちらはわらにもすがる思いだというのに、腕はおろか、指すらどんどん動かなくなってくる。

この時、女はひんやりとした視線を感じた。

上？　いや、前からだ。

前を向き、体がこわばった。大木の後ろ、生い茂った枝と葉の隙間から、大きな水色の目が一つ、こちらをじっと見ていたのである。

新たな獣かと、女は絶望に包まれた。ああ、神々はなんと残酷なのだろうと、呪いたくなった。

それでも、やはり人間は祈りを口にしてしまうものだ。

女もそうだった。

「どうかこの子だけは！　い、生かしてやってください！」

しぼりあげるような声をあげたところで、肉吸い蛙の毒が女の心臓に届いた。

女の体から力が抜け、どさりと、地面に倒れた。

馬の上に残された赤子はしばらくふらふらと座っていたが、やがて体がかたむき、下へと落ちていった。

だが、地面に叩きつけられることはなかった。

風のように飛びだしてきた大きな影が、優しく赤子を受け止めたのである。


半日後、ラクダに乗った男達がセバイーブにやってきた。失踪した女と子供を捜しに来た男達だった。

ただし、彼らの雇い主は領主イフメドではなく、その正妻のほうであった。受けた命令も、「女と子供を見つけて、その息の根を止めよ」というものだ。

殺しの狩人《かりうど》達は、わずかな痕跡をたどり、やがて女の亡骸《なきがら》に行きついた。無残に膨れあがった体から、肉吸い蛙の毒にやられたのだと、すぐにわかった。

赤子の姿はどこにも見当たらなかったが、男達は無理に捜そうとは思わなかった。この密林セバイーブで、立つこともできない赤子が生きのびられるはずはないのだ。

赤子は獣に食われた。

雇い主にはそう伝えようと、男達は早々にセバイーブを立ち去った。

ナルマーン暦四百八十六年は、災いの年となった。

ナルマーンに疫病《えきびょう》が蔓延《まんえん》したのである。

この疫病はじつに容赦がなく、かかった者の五割が命を奪われた。体力の少ない子供や老人はまず助からず、頑健な若者ですら耐えられない者も多かった。

だが、ナルマーンの外にまで広がることはなかった。

賢王と名高いイシュトナール二世がすぐさま都を封鎖し、疫病を食い止めることに成功したからだ。その上で、王は全ての薬師や医師を王宮に呼びよせ、この病を打ち消す薬の開発に全力を注がせた。他国にも協力を求めた。

その甲斐《かい》あって、半年後にようやく特効薬が見つかり、疫病はみるみるおさまっていった。が、失われたものはあまりに大きかった。

イシュトナール二世も、薬が完成する前に亡くなった。

享年《きょうねん》五十三歳。世継ぎはいなかった。凶王《きょうおう》サルジーンとの王座奪還の戦いによって、イシュトナール二世は全身に火傷《やけど》を負っており、子をなせぬ体であったからだ。

その上、症状が悪化するのがあまりにも速かったため、イシュトナール二世は遺言を残すことができなかった。しかたなく、彼の右腕にして乳兄弟であるラディン大将軍が、仮の王として玉座に座ることになったが、正統性を疑問視する声は早くもあがりだしている。

そしてこの一件は、他の国や都にも少なからず影響を与えた。

ナルマーンのように、王や領主が突然亡くなれば、内乱の火種とならぬとも知れない。常に後継者を決めておかなければ。

絹の都ハタリースの領主イフメドも、このことに頭を悩まされることとなった。

イフメドはもともと気弱で、統治には向かない男だった。政《まつりごと》をわずらわしいと思い、早く領主の座を退き、気兼ねなく歌舞や詩吟《しぎん》を楽しむ日々を送りたいとすら思っていた。

とは言え、さすがに次の領主を適当に決めてしまうほど愚かではなかった。また、肉親の情にほだされるほど弱くもなかった。

イフメドには二人の息子がいた。正妻タビビアとの間に生まれた双子で、十六歳になるキスームとヤジームだ。

血筋的には申し分ないのだが、この二人はどちらも領主の器《うつわ》ではなかった。

キスームはとにかく気性が荒かった。つい最近も、馬で市場に駆けこみ、危うく幼い少女を踏み殺すところだった。

ヤジームは卑屈《ひくつ》で残酷だ。わざと召使い達にしくじりをさせては、罰と称して、ねちねちと言葉と針で突き刺すことを喜びとしている。

こんな息子達を跡継ぎにしては、百害あって一利なし。息子達のことは愛しているが、ハタリースのためには、別の人間を選んだほうがいいと、イフメドは思っていた。

だが、イフメドの妻はそれがわからないらしい。跡継ぎを決めるための会合でも、誰よりも早く、声高に発言した。

「現領主には嫡流《ちゃくりゅう》の立派な男子が二人もいます。キスームとヤジーム、どちらにも人の上に立つ資質がありますわ。跡継ぎは、この二人しか考えられない。そうでしょう?」

頭をもたげて言い放つタビビアに、集まった者達は愛想笑いを浮かべて、こくこくとうなずいた。

巨万の富を持つ反物《たんもの》商の娘であり、高慢で強欲で残忍でもあるタビビアに、面と向かって刃向かえる者はいなかった。夫であるイフメドですら、妻の前では及び腰になるのだから。

だが、今回ばかりはイフメドもすぐにはうなずけなかった。

いつものように激しくまくしたて、自分の意見を押し通そうとする妻を、どうしたら説得できようか。

そんなイフメドの心を読みとったのか、従弟《いとこ》の一人が気を利かせてきた。

「ここは占い師を頼ってはいかがでしょう? 占いで、キスーム様とヤジーム様、どちらを選ぶべきかを決めるのです。どんな結果が出ようとも、我々全員が占いに従う。そういうふうに定めませんか?」

「おお、それはよいですわ。そうしましょう」

タビアの一言で、全てが決まった。

よく言ってくれたと、イフメドは従弟に目配せした。浅はかで強欲な妻はよく考えもせずに同意したようだが、占いに従うということは、双子以外の人物が選ばれることもありえるということだ。願わくば、そうなってほしい。

はたして、イフメドの願いは天に届いた。

都に呼びよせた、当代一と名高い星占い師は、双子を選ばなかったのだ。

それなら、いったい誰をと、息をのむ一同に、星占い師はゆっくりと告げた。

「領主様の娘御《むすめご》が王の器であるとのことです」

しんと、その場が静まり返った。

悪鬼のような形相をしている妻を見ないようにしながら、イフメドは小声で言葉を返した。

「私に娘はいないぞ。……かつてはいたが」

九年前に突然消えた、溺れるように愛したしなやかな寵姫サリーヤを、イフメドは久しぶりに思いだした。

彼女が生んだ娘が、今もこの手の中にいてくれたら、どんなにすばらしかっただろう。乱暴な息子達のかわりに、雅《みやび》な芸事や遊びを教え、音楽や舞の楽しみを分かち合っていただろうに。

サリーヤと娘が消えたあと、心の傷を癒やすために、別の女達を愛したこともあった。だが、その女達がイフメドの子を生むことはなかった。腹に命が宿っても、それは必ず月満ちる前に流れてしまったからだ。

タビビアの差し金だと、イフメドは確信していた。息子達の地位を確固たるものにするため、タビビアは暗闇でうごめく蜘蛛《くも》のように糸を操り、命を摘み取っているに違いない。

それがわかってからというもの、イフメドは女達を求めなくなった。芸事を楽しむことで、やるせなさもむなしさも悲しみもやり過ごし、嫌なことは思いださないようにしたのだ。

それになのに、ここに来てまた娘の記憶を呼び覚まされることになるとは。

顔を曇らせる領主に、星占い師は不思議そうに目を細めた。

「おかしいですな。星ははっきりと示しておるのです。領主様の娘御、金の瞳の姫君であれば、かつてない高御座《たかみくら》を手に入れるであろうと」

「き、金の瞳！　ほ、ほ、星は確かにそう告げたと？」

「はい」

「では、あの子は、ネフェルタは生きているということなのだな？」

「星は生者についてしか語りませんので」

娘を見出せるかもしれないという希望に、イフメドの心は舞いあがった。妻の怒りと憎しみのまなざしすら、もはや恐ろしくもなんともなかった。

「娘は？　今、どこにいると？　どこを捜せば、見つけることができようか？」

「南の緑の中にいるとのことです」

「南の緑というと、セバイーブの密林か！　確かにサリーヤの亡骸はあそこで見つかったが……セ、セバイーブに本当に娘はいると？」

「はい。ただし、大人数で捜しても、決して見出せぬとのこと。本当に信じられる者を一人だけ遣わしなさい。そうすれば、姫君はあなたのもとに戻ってまいりましょう」

たまりかねたように、タビビアが星占い師とイフメドの間に割って入ってきた。目が吊りあがっていた。

「あなた！　このような戯言《たわごと》、まさか本気で……」

「黙っておれ！　これはハタリースのためなのだ！　そもそも、占いの結果に従うと、おまえも同意したではないか！」

「息子達のどちらを領主にするべきか、それを決めるための占いだと思い、同意したのです！と、とにかく、あの二人以外、私は決して認めません！」

「おまえの気持ちなどどうでもよいのだ、妻よ」

「なっ！」

蒼白になる妻を小気味よくながめたあと、イフメドは固唾《かたず》をのんでいる一族や家来達のほうを振り返った。

「聞いてのとおりだ。絹の都ハタリースは、我が娘、失われていたネフェルタを跡継ぎとする。そのためにも、まずはネフェルタを絹の都に迎え入れねばならぬ。誰か！　ユフスをここへ呼んでまいれ！」

一番信頼できる男の名を、領主は口に出した。

娘を迎えに行かせるなら、その男しか考えられなかった。


ユフスを一言で言い表すなら、「平凡」という言葉が似つかわしい。

年は四十五歳。中肉中背で、これといった特徴のない顔立ちだ。

特技も持ってはいなかった。一応、槍と剣は使えるが、達人というわけではない。読み書きはできるが、賢者というわけでもない。

だが、主《あるじ》に忠実であることにかけては、ユフスは誰にも負けないと自負していた。

かつて、ユフスはイフメドに命を救われた。その日以来、ユフスはイフメドのためならなんでもすると心に誓い、実践してきた。それが認められ、今では絹の都でも一目置かれる存在となっている。

他人の評価などどうでもよかったが、主に信頼されるのは魂がゆさぶられるほど嬉しいことだった。

だから、「ずっと行方不明であった娘を迎えに行ってほしい」と、イフメドから直々《じきじき》に頼まれた時は、ユフスは感動のあまり涙を流しそうになった。

こみあげてくる熱いものをこらえながら、ユフスは膝をつき、頭を下げた。

「謹んでお引き受けいたします、我が君。必ずや、姫様を見つけてお連れいたします」

「うむ。おまえならそうしてくれると、信じておるぞ」

「もったいなきお言葉でございます」

「では、すぐにセバイーブに向かってくれ」

「はっ!」

主の命を受けたユフスは、すぐさまセバイーブに向けて出発した。

時刻は真昼で、大砂漠はまるで火にかけられた鍋のように熱かった。だが、夜になるまで待つことなど、ユフスにはできなかった。

主は一刻も早くと言ったのだ。ならば、自分はその言葉を守らなくてはならない。

身軽に動けるよう、水と食料はできるだけ少なく持ち、武器は愛用の槍と小刀だけにした。そうして暑さをしのぐ砂トカゲの皮マントをまとい、小さな砂舟《すなぶね》に乗りこんだのだ。

幸いにして、風は南に向けて吹いており、ユフスの砂舟は快調に砂の上をすべりだした。このままいけば、月が出る前にセバイーブにたどりつけるかもしれない。

だが、問題はそこからだ。

セバイーブは広い。からみあった緑の迷宮から、一人の少女を見つけだすのは、容易なことではないだろう。いや、そもそも、本当に姫は生きているのだろうか？　主の言葉を疑うわけではないが、九歳の子供が生きていられるような生易しい場所ではない。

何度かセバイーブを通ったことがあるユフスだが、そのたびにひやりとするような危ない目にあった。命を落とさずにすんだのは、持ち前の用心深さと運の良さゆえだ。

思わず舟の縁から手を伸ばし、大砂漠の砂をつかみとった。火傷しそうなほど熱い金色の砂に、ユフスは願いをこめた。

「大砂漠の神よ、どうか姫様を守りたまえ。私が見つけだすまで、どうか姫様が無事でありますように」

祈ったあと、ユフスは砂を大砂漠へと戻した。

そのあとは前を向き、ひたすら風に合わせて舟の帆を操った。

まるでユフスを応援しているかのように、風は気前よく吹いてくれた。おかげで、月が昇る前、まだほの明るさが残っている時刻に、セバイーブに到着することができた。

砂嵐などで砂舟がさらわれないよう、大きな木にしっかりとつなぎ止めたあと、ユフスはセバイーブに向き直った。

刻々と暗闇は濃くなってきており、密林の奥からは夜にうごめく生き物達の気配があふれつつある。

夜の密林は、昼間の数倍危険が増す。

そうとわかっていても、ユフスはじっとしてなどいられなかった。

時が惜しい。動かなければ。

主から賜《たまわ》った獣除けの腕輪をはめ、毒虫を近づけないための軟膏《なんこう》を体中にすりこんだ。さらに夜目石をはめこんだ目当てをつけ、ふくらはぎまで覆う丈夫な履《は》き物をはいたあと、ユフスはセバイーブに踏みこんでいった。

大気は様々な匂いに満ち、息苦しいほど濃かった。夜目石のおかげで、暗闇の中にいても全てをはっきりと見ることができるが、油断はまったくできない。獣除けの腕輪も虫除けの軟膏も、万能ではないのだ。

役目を果たすために、ユフスは全力で生きのびるつもりであった。

槍の構えを崩さぬまま、ユフスは夜の密林をゆっくりと進み、四方に目をこらし、人の痕跡を捜した。

だが、すぐさま危機に直面した。

ぬうっと、茂みから突然、長い巻き角を二本はやした大蛇が頭を出して、ユフスに目を向けてきたのだ。一抱えもあるような胴に、ちらちらと口からのぞかせる長い牙。獣除けの腕輪が通用しない、危険度の高い相手だと、すぐにわかった。

ユフスはぎゅっと槍の柄《え》を握りしめた。倒せないこともないだろうが、こちらも無傷ではすむまい。頼むから見逃してくれ。余計な手出しはしないから、このまま去ってくれ。

だが、大蛇はユフスから目を離さない。

だめなのか。ならば、先手必勝。こちらから仕掛けるしかない。目か喉を一突きできればいいが、槍を繰《く》り出すにはもう少し近づかないと無理だ。

じりっと、ユフスが前に進みかけた時だ。

大蛇が大きく体をくねらせ、何かをくわえあげた。

ユフスは今度こそ息をのんだ。

大蛇がくわえていたのは、人間の子供だったのだ。

ざっと体中の血が冷えた。力なくぶらぶら揺れている細い手足。捜している姫であろうとなかろうと、子供のその姿はユフスの心をえぐった。

衝撃で動けないユフスが見ている前で、大蛇は思わぬことをした。自ら子供を放したのだ。それも投げ捨てたのではない。そっと、まるで宝物を扱うようなうやうやしさで、地面に子供を置いたのである。

そうして、大蛇は子供の首筋にちろっと舌を走らせた。

と、もぞもぞと子供が動きだした。

子供は大蛇の首に抱きつくようにして起きあがると、ぼさぼさの髪をかきあげながら、あくびを一つした。そして、ユフスのほうを見た。

夜目石の目当てのせいで、ユフスの視界は紫一色だ。にもかかわらず、子供の瞳は輝く黄金そのものだった。

純金。混じりけのない高貴な色。太陽に照らされた大砂漠の色。

あまりにも異質で、だが強烈なまでに美しい瞳に、ユフスは文字どおり魂を奪われ、大蛇がそばにいることすら忘れて見とれてしまった。

やっと我に返った時には、大蛇は消えており、子供と二人で向かい合っていた。

夢から覚めた気持ちで、ユフスはようやく冷静に子供を見ることができた。

もつれた長い髪、爪の伸びた手、裸の体に毛皮を軽く巻きつけただけというひどい身なりだが、子供はいたって健康そうに見えた。この密林にすっかりなじんでいるのがわかる。言葉が通じない野生児であったら、どうしたらいいだろう？　手荒なまねをするわけにはいかないが、やはり力尽くで連れて行くしかないのだろうか?

すでにこの子がネフェルタだと、ユフスは確信していた。例え瞳が金色でなかったとしても、すぐにわかっただろう。その顔には寵姫サリーヤの面影がはっきりとあったからだ。

ともかく、どう声をかけたらいいかと、ユフスは悩んだ。

だが、その悩みはすぐに吹き飛んだ。

子供のほうから話しかけてきたのである。

「キアラだ。そなたが迎えの者か?」

独特の話し方であった。そして、子供とは思えない威圧感があった。

思わず居住まいを正しながら、ユフスは言葉を返した。

「私はユフスと申します。絹の都ハタリースの主イフメド様の命令で、あなた様を捜しにまいりました、ネフェルタ姫様」

「ネフェルタ? それがキアラの名か?」

子供は顔をしかめた。

「好かぬ名前だ。ユフス、キアラのことはキアラと呼べ」

「姫様がそう望まれるのでしたら、ご命令に従います。……失礼ですが、わ、私が来ることを、ご存じだったので?」

「母が予言した。キアラを迎えに来る者がいると」

「母君が？」

ユフスは困惑した。

この子の母サリーヤは死んでいる。失踪してから二日後に、セバイーブで亡骸が見つかったのだから。

見つけたのは他ならぬユフスだった。主の命令で、サリーヤ親子捜索の部隊を率い、あちこちに馬を走らせていたのだ。

発見した時の骸《むくろ》は、密林の湿気と獣や虫によって、見る影もないほど無残な姿になり果てていた。赤子の姿は見当たらず、生存も絶望的だと思われたので、サリーヤの亡骸を絹の布で包み、ユフスは都に連れ帰ったのだ。

あの時、もっとしっかり周囲を捜していればよかった。そうしていれば、赤子を見つけていたかもしれないというのに。

苦い後悔を味わいながらも、ユフスは理解した。姫の言う「母」とは、姫を育ててくれた人に違いない。赤子が今日までセバイーブで生きのびられたのも、こうして言葉をしゃべることができるのも、誰かが守り育ててくれたからなのだ。

感謝の気持ちがこみあげてきて、ユフスは思わず言った。

「母君はどこにおいでですか？　ぜひともお会いして、ご挨拶をしたいのですが」

「挨拶はいらぬ。母は人嫌いだ。大勢の人間がここに押し寄せてきたら、キアラを連れて逃げるつもりだったと言っていた」

「さ、さようでございますか」

なるほど。だから、探索者は一人がよいと、占い師は言ったのか。

納得しているユフスの目をのぞきこみながら、キアラは静かに言葉を続けた。

「母は言った。キアラはもっと人のことを知らなければならない。人のことを知った上で、選ばなければならないと」

「選ぶ？」

「そう。だから連れて行っておくれ。人のところへ」

よくわからないが、キアラは絹の都に行きたがっているようだ。喜ばしいことだと、ユフスは顔をほころばせた。

「はい。姫様をハタリースにお連れいたします。姫様の父君イフメド様が、首を長くしてお待ちでございますよ」

「父の首は長いのか？　シーほどに長いのか？」

「いいえ、そういう意味では……。シーとはなんでございますか？」

「キアラの友だ。ユフスもさっき会っただろう?」

「……まさか、あの大蛇でございますか?」

「そうだ。優しい友だ。鱗《うろこ》がすべすべしていて、心地よい。一緒に迎えを待ってもらっていたのだが、気持ちよくて、ついつい眠ってしまった。……しばらくシーにも会えないと思うと、寂しくなる」


目を伏せるキアラは、年相応に幼く見えた。だが、また顔をあげた時には、その目は好奇心にあふれていた。


「ところで、本当に父の首は長いのか?」

「……そういう意味ではございません。父君が姫様のことを待ち焦がれているという意味でございます」

「そうか。人間の言い回しは難しいな。……ユフス、色々と教えてくれるか?」

「もちろんでございます」


ユフスは大きくうなずいた。


「姫様が都に到着するまで、このユフスがお守りいたします。その間、わからぬことあれば、なんなりとお尋ねくださいい」

「ありがとう。では、歩きながら話そう。時が惜しいし、真夜中を過ぎると、良くないものがやってくるようだからな」

「良くないもの？」

「母がそう予言した。キアラには敵がいるのだろう？」

あまりにまっすぐな問いかけに、ユフスは言葉に詰まってしまった。

敵。確かにいる。しかも、非常に手強く厄介極まりない相手だ。

領主の正妻タビビア。溺愛している息子達のため、容赦なくキアラの命を狙ってくるだろう。

暗殺者を送りこんでくることも、容易に想像できる。

「母君は、真夜中過ぎに敵がやってくると？」

「そのような言い回しだった。母の言葉は時々難しいのだ。それに、未来は変わることも多いから」

「さ、さようで……。では、急ぎましょう。姫様、よろしければ私が運ばせていただきますが」

「いや、キアラが先に立って歩こう。そのほうが早く安全に密林を抜けられる。密林のもの達は、キアラには手出しをしてこないから。ユフスは行き先を教えてくれればよい」

「は、はい。かしこまりました」

そうして、二人は歩きだした。

キアラはまるで大気の精霊のような軽やかな足取りで、ユフスを導いた。夜目石がなくとも、暗闇でもはっきりものが見えるのだろう。その動きにはいっさいの迷いがない。

そして、そんな二人を、セバイーブの獣や虫は静かに見守り、決して邪魔しようとはしなかったのだ。

いったいどれほどの加護を、この小さな姫はその身に宿しているのだろう?

ユフスは畏怖《いふ》すら覚えた。

それに、姫の「母」という存在も気になった。

予言の力を持ち、これまでキアラを守り育てながらも、あっさり手放した女。いったい何者なのだろう?

それとなく尋ねてみたが、キアラは話したくなさそうだったので、ユフスもあきらめるしかなかった。

やがて、二人は砂舟のもとにたどりついた。砂舟を見るのは初めてだと、キアラは歓声をあげた。

「これが舟か! おもしろい! 丸太をくり抜いて作ってあるかのようだ。これは? 帆? これで風を受けて進む? おもしろい! おもしろい!」

微笑《ほほえ》ましい興奮ぶりだった。

が、ユフスに笑う余裕はなかった。すっかり風が止《や》んでいたのだ。これでは砂舟は動かない。

多少時間がかかっても、馬かラクダで来るべきだったと悔やみながら、ユフスは考えをめぐらせた。

北向きの風が吹きだすまで、このまま待つべきか。いや、だめだ。ぐずぐずしていたら、タビビアの手の者がやってきてしまうかもしれない。自分一人であれば、なんとかやり過ごすことも立ち向かうこともできようが、キアラを連れていては無理だ。

やはり一刻も早く絹の都に戻るのが一番だと、ユフスは心を決めた。

ユフスはすぐさま砂舟に荷を放りこみ、舳先《へさき》についたもやい綱を体に巻きつけ、ぐいっと引っ張った。

キアラは目を瞠《みは》った。

「ユフスは力持ちなのだな。こんなに大きなものを、軽々動かすとは」

「いえいえ、砂舟はとても軽いのです。姫様でも動かせましょう」

「そうなのか?……本当だ!」

「これより大砂漠に出ます。風がないので、このまま歩かねばなりません。絹の都まで、人の足で一日半ほどかかりましょう。姫様はどうぞ舟にお乗りください。私が舟ごと運びますから」

だが、キアラはすぐには舟に乗らなかった。

「姫様?」

「じつはな、大砂漠に出るのはこれが初めてなのだ。しばらく自分の足で歩いてみたい」

「わかりました。ですが、追っ手のことを考え、早足で歩かねばなりませぬが」

「キアラは遅れぬ」

その言葉どおり、キアラは大砂漠の上でもじつに軽やかに歩き、ユフスの足に遅れをとらなかった。そして歩いている間もあちこちを見回し、とにかく興味が尽きない様子だった。

「こんなにも広々として、彼方まで先が見えるというのは不思議に思える。密林では見たことがない光景だ。それに、砂の上を歩くのは、なかなか厄介だな。まるで砂が吸いついてくるようだ。だが、これもまた楽しい」

「疲れたら、すぐに砂舟に乗ってくださいませ。そうそう。食べ物も用意してまいりました。袋の中にございますので、ご自由に召しあがってください」

「人の食べ物か。それは興味があるな」

キアラはさっと袋を手に取った。

「ユフスは?」

「私は満腹でございますので」

「では、キアラは食べる」

ユフスが持ってきたのは、堅焼きのパンとこれまた堅いチーズ、それにコショウをまぶした羊肉の燻製《くんせい》であった。

　キアラはどれも少しずつ口にした。

「こういうものは初めて食べる。不思議だ。しょっぱいが、うまい。このからからに乾いた肉も、舌がぴりぴりするが、やはりうまい」

「都に着いたら、もっともっとおいしいものを食べられましょう。そうだ。タルササやカリフィもぜひ召しあがっていただきたい」

「それらはなんだ?」

「甘い菓子でございます」

「菓子。果物よりも甘いのか?」

「甘いもの、香り高いもの、ぴりりと香辛料の味のするものと、たくさんございますよ。シャーリの蜜《みつ》菓子、アバサの焼き菓子、生地に干した果物をどっさり入れて蒸しあげたメルフル。この三つはぜひとも召しあがっていただきたいものでございます」

　ふいにキアラはにやっとした。

「声がはずんでいるな、ユフス。さては、菓子が好きなのだな?」

「はい。恥ずかしながら、大好物でございます」

「そうか。では、ぜひユフスのお勧めの菓子を食べてみたい。……ユフス」

「はい？」

「キアラはユフスが気に入ったぞ。他の人間も、みんなユフスのようだといいな」

嬉しくなって、ユフスは顔をほころばせた。

「光栄でございます」

「うむ。そうだ。歩きながらでいいから、キアラに色々と教えておくれ。キアラは密林の外のことをほとんど知らないから」

「ようございますとも。しかし、その……母君は外のことを教えてはくださらなかったのですか？」

「母は賢くて物知りだ。でも、人の世界には詳しくないそうだ」

「さようでございますか。……では、何から話せばよいでしょう？」

「ハタリースのことを知りたい。それに、父のことなども」

「ようございます。ハタリースは、大砂漠に七つある大きな都の一つで、かれこれ六百年前に築かれたものでございます。始祖は、大商人であったラー・ネフェルタンで、姫様のご先祖にあたります。糸や染め粉を扱う商人、織りや裁縫などの職人達が多く集まっており……」

砂舟を引きながら、ユフスは語り続けた。

絹の都ハタリースの歴史。人々の商いや暮らしぶり。身分やしきたりや法。

キアラは物知らずであったが、恐ろしいほど聡明だった。乾いた砂が水を吸いあげるように、知らないことを理解し、知識として我が物としていくのだ。

そして、肝《きも》も据わっていた。自分を狙っている者達の正体を聞いても、顔色一つ変えなかったのだ。

「父の正妻と、本来跡継ぎとなるはずだった双子の兄達か。キアラは領主などになりたくないのだが、そう言っても、やはり命を狙ってくるだろうか?」

「タビビア様は、姫様を敵と見なしております。あの方は、決して憎しみを解くことはありますまい。二人の兄君達も同じかと」

「そうか。……つまらぬ人達なのだな。父は? それを止められぬのか?」

「父君は美しいものをなにより愛する御方で、争い事を嫌います。争うくらいなら、自分の意思をまげて、相手にゆずる気質でいらっしゃいます」

「そのせいで大きな争いが起こるとしてもか?」

「……あの方は悪い方ではないのです。ただ……」

「弱いのだな」

「………」

残念だと、キアラはぽつりと言った。

「勇敢でなくてもいいから、賢い父であってほしかった」

「姫様。父君はあなた様をそれは愛しておいででございますよ？　九年前、あなたと母君サリーヤ様が消えた時は、食事も喉を通らないほど心配され、病気になりかけたほどでした」

「サリーヤ……。キアラを生んでくれた人は、どんな人であった？」

「とても美しく、しなやかな女人《にょにん》でございました。サリーヤ様は、旅回りの一座の花形軽業師であられました」

ユフスの脳裏に、サリーヤの姿が浮かんできた。きらびやかな衣をまとい、目をきらめかせながら、次々と軽業を披露する彼女は、この世のものとは思えないほど美しかった。その美しさゆえに、イフメドの手に捕まって絹の都に閉じこめられてしまったのだ。

領主の寵姫になってからのサリーヤは、いつも心ここにあらずの様子だった。目からはかつてのきらめきが失せ、籠に閉じこめられた鳥のように、ぼんやりと空を見ていることが多かった。その姿に、ユフスは心を痛めたものだ。

幸せでないのが哀れだった。正妻タビビアに憎まれていることも、気がかりだった。

だから、サリーヤが赤子を連れて逃げたと知った時、ユフスは心の中で不忠なことを思ってしまったのだ。「このまま二人が逃げのびて、二度と絹の都に戻らずにすめばいい」と。

主イフメドの願いとは真逆なことを願ってしまったのは、あの時だけだ。

少し苦いものを感じながらも、ユフスはサリーヤがいかに美しく、いかにキアラを愛していたかを語った。彼女が不幸だったことには触れなかったが、聡《さと》いキアラは何かを察したらしい。そのあとはしばらく口を閉じ、なにやら考えこんでいた。

ユフスは内心焦り、そっと声をかけた。

「姫様？　あの、何かお聞きになりたいことは、他にございませんか？」

「そうだな。……それでは、ユフスのことを聞きたい」

「私の？」

「そうだ。気に入った人間のことは、よりよく知りたいから。ハタリースでずっと暮らしているのか？　家族はいるのか？」

「私は……じつはハタリースの生まれではございません。もともとは大砂漠のかたすみにあった、小さな村の子でした。……ですが、私が六歳の時に、村はサルジーンの軍隊に滅ぼされました」

「サルジーン？」

「かつて、この大砂漠の全てを手に入れようとした残酷な王でございます。サルジーンによって、多くの村や都や国が襲われ、滅ぼされたのです。……家族を殺され、一人生き残った幼い私は、奴隷として売り払われました」

そのまま黒の都に連れて行かれ、魔法使いや呪術師の餌食《えじき》にされるところだったが、ユフスは思わぬ幸運に恵まれた。

偶然にも奴隷市を通りかかった絹の都の若君、当時はまだほんの少年だったイフメドが、ユフスに手を差しのべてくれたのだ。

凶王サルジーンによって悲劇と災いが広がっているのを憂《うれ》いていた繊細《せんさい》なイフメドは、せめてサルジーンの被害者を救いたいと、ユフスを自由にしてくれた。

ユフスはその時決めたのだ。この少年こそ、自分の主だと。どんなことがあろうと、自分はこの人に忠実に仕えようと。

「では、それからずっと父のそばにいるのか？」

「はい。今ではハタリースが我が故郷でございます」

「そうか。……妻や子は？」

「おりませぬ。その……もてないものでして」

「そうか。ハタリースの女達は、見る目がないのだ。キアラがもっと大きかったら、ユフスを夫にしたかったぞ」

「ひ、姫様、お戯《たわむ》れはおよしください」

「戯れではない。本気でそう思っている」

なお悪いと、ユフスは冷や汗をにじませた。

「い、今のようなお言葉は、決して人前でおっしゃらぬように。特に父君の前ではおやめくださ
い」

「どうしてもだめというなら、やめる」

「はい。そうしてくださいませ」

その後も、キアラの問いかけは途切れることなく続き、ユフスはそれに答えていった。

内心、なんとも言えない心の高ぶりを感じていた。

この聡明な姫が絹の都の領主となったら、きっと、これまでになくすばらしい君主が誕生するに違いない。

その姿を見たいと、心から思った時だ。

キアラが立ち止まった。

「姫様？」

「ユフス、何かいる」

こわばったささやきを受けて、ユフスはすぐさま槍を構えた。

キアラは密林セバイーブで育った子だ。そのキアラが「何か」の存在を感じとったなら、警戒したほうがいい。

その判断は正しかった。

ユフスも、奇妙な視線を感じたのだ。

何かがいる。こちらを見ている。獲物として。

ユフスはその正体をすぐに突きとめた。かすかにだが、特徴的な生臭さが漂ってきたからだ。

「貪食竜《どんしよくりゆう》ですな。あの砂丘に身を潜めている」

「貪食竜……聞いたことがない」

「竜と言っても、実際は虫の一種です。ただ、竜を思わせるほど大きく、鱗もはえているので、そういう呼び名がついたとか」

ユフスの表情がこわばっていることに気づいたのか、キアラはいっそう声をひそめた。

「手強いやつのようだな。逃げたほうがいいのか?」

「いえ、もう逃げられませぬ。やつはすでに我らに目をつけてしまった。……貪食竜はその名のとおり、獲物への執着がすさまじいのです」

貪食竜に目をつけられた人間が助かる方法は二つ。空に逃げるか、貪食竜を殺すしかない。

正直なところ、ユフスには貪食竜を仕留める自信がなかった。だが、キアラ一人を生かす自信ならあった。

砂丘から目を離さないようにしながら、ユフスは左腕を伸ばして、キアラに差しだした。

「姫様。私の手首にはまっている腕輪を抜き取ってください」

「これか?」

「はい。それを持って、北に向かって走ってください。決して振り返らず、腕輪をなくさぬように。姫様の足であれば、この先にあるオアシスに、夜明け前にたどりつけましょう。そこで日中をやり過ごし、日が暮れたら、また北に向かってください。一刻ほどで、絹の都が見えてくるはず。大門でこの腕輪を見せれば、すぐに父君のもとに行くことができますゆえ」

「ユフスは?」

「私はここに残って、貪食竜を仕留めていきます。少し時間はかかるでしょうが、必ず姫様に追いつきますので、心配はいりません」

だが、ユフスの嘘はたちまち見抜かれてしまった。キアラは金の目をらんらんと光らせて、ユフスを睨《にら》みつけてきたのだ。

「嘘をついているな、ユフス。ユフスは死ぬつもりだ。貪食竜の餌になって、キアラを逃がすつもりだな?」

「姫様……」

「だめだ。ユフスが死ぬのは今夜ではない。キアラはそんなことは許さない」

「しかし、許す許さぬに関係なく、やつはもう……」

ぞわりと、肌を舐《な》めあげられるような不快な感覚が、ユフスを襲った。

とっさにユフスはキアラを抱えて、横に飛んだ。直後、真下の砂から飛びだしてきた影が、砂舟を押しつぶした。

もうもうと立つ砂煙と飛び散る舟の破片から目を庇《かば》いながら、ユフスは敵に槍を向けようとした。すると、今度は先ほどの砂丘から別の影が飛びだしてきたのだ。

「くそ！」

貪食竜は二匹いたのだ。いまや、完全に砂から姿を現し、ユフス達を見事にはさみこんでいる。見た目は芋虫《いもむし》だが、ラクダの子を丸のみにできるほど大きく、灰色の細かな鱗に覆われていて、しかもぬらぬらと油で光っている。この油のおかげで、この種族は砂の中を泳ぐように進むことができるのだ。

目はないが、極めて敏感な長いひげが十本はえており、これで地上にいる獲物の匂いや音を感じとる。そして、丸い口には四本の牙があった。その牙でがっちりと獲物を捕まえておいて、ゆっくりと生きたまま肉や臓物をすすりあげるのが貪食竜の食べ方なのだ。

ユフスは歯がみした。

こうなってはキアラを逃がすことも難しい。貪食竜が砂の中を進む速さは、人が走るのと同じほどで、決して早いとは言えない。だが、問題はその底知れぬ持久力だ。いったんは引き離すことができても、こちらが力尽きるまで追ってくるのだから、意味がない。

せめて一匹であれば、相打ち覚悟で仕留めることができたかもしれないというのに。

役目を果たせぬまま、むざむざ大事な姫を死なせてしまうのかと、絶望がこみあげてきた。

それでも、最後まであがくのが人間というものだ。

腰を低くしながら、ユフスはキアラにささやいた。

「姫様、お力添えをお願いできましょうか？」

「もちろんだ。どうすればいい？」

「私が合図をしたら、後ろにいる貪食竜に向かって、走ってください。できますか？」

「……囮《おとり》になれと言うのだな？」

「申し訳ございません。ですが、今はそれしか思いつかぬのです。……姫様が後ろに行けば、前にいるやつは、仲間に姫様を独り占めさせまいとするでしょう。仲間割れが必ず始まるはずです。やつらはそれほど貪欲なのです」

わかったと、キアラはうなずいた。

「やろう、ユフス。一緒に生きのびて、菓子を食べよう」

「はい。ぜひともそういたしましょう……。それ！」

ユフスの合図に、キアラは小さな獣のように後ろに走りだした。

自ら近づいてくる獲物に、後ろにいた貪食竜は狂喜したように大きく口を開けた。

その口の中に向けて、ユフスは槍を思いきり投げつけた。

喉の奥を貫かれ、後方の貪食竜は身をのけぞらせた。さらに、そこに別の攻撃が加わった。前方にいた貪食竜が、長い下半身をひねりあげ、傷を負った仲間に体当たりを食らわせたのだ。

獲物は渡さない。許さない。

すさまじい仲間割れが始まった。ユフスの槍で傷ついた貪食竜も、決して負けてはいなかった。身をくねらせ、体当たりを繰りかえし、相手の体に食らいつく。二匹の忌《い》まわしい体は、たちまち傷だらけとなり、悪臭を放つ体液をまきちらした。

そんな中、ユフスはキアラにささやいた。

「姫様、思いきり走りたいでしょうが、どうぞこらえてください。音を立てないよう、静かに歩き続けるのです。そのほうがやつらに気づかれない」

「わかった」

二人は足音と気配を殺して、遠ざかりにかかった。キアラが先に行き、ユフスは後ろの争いを見守りながら、あとずさりする形で足を動かした。

だんだんと砂煙が落ち着いてきている。もうすぐ決着がつくのだろう。

ああ、まだ早い。早すぎる。もう少し時間をかけて戦い合ってくれ。槍は失い、今度追いかけられたら手も足も出ない。息が続くかぎり走り、そのあとに食われるだけとなってしまう。だが、それでも走らなければ。もしかしたら、貪食竜が登れない岩山などにたどりつくこともできるかもしれない。

砂粒ほどの希望に、ユフスはすがった。

ああ、そろそろだ。一匹の貪食竜がゆっくりと倒れていくのが見える。姫様に走れと言わなければ。

だが、前を向いたところで、ユフスは息が止まるほど驚いた。自分の前を歩いていたはずの少女がいなくなっていたのだ。

なぜ？　流砂にのまれた？　もう一匹、貪食竜がいて、砂の中にキアラを引きずりこんだのか？　いや、それなら悲鳴があがったはず。何も聞こえなかったのは、いったい、どうしてだ？

唖然としているユフスの背後から、ざあぁっと、砂がこすれる音が近づいてきた。勝ち残った貪食竜がいよいよばかりに迫ってきたのだ。だが、キアラのことしか頭にないユフスは、自分の危機に気づくことすらできなかった。

失った。大事な愛しい姫様を、自分は守れなかった。

絶望で目の前が暗くなった。

その時だ。

「ユフス！」

キアラの声が上から降ってきた。

夢から目が覚めたかのように、ユフスははっと我を取り戻し、上を振り仰いだ。黒々とした夜空に、四本の翼を持つ小ぶりな船が静かに浮かんでいた。

空飛ぶ船、翼船《つばさぶね》だ。

その船の縁から、キアラが顔をのぞかせていた。

「ユフス！　その人につかまれ！」

「姫様！」

ご無事だったのですね！

そう叫ぶ前に、船から黒い影が飛びおりてきた。縄をつかんだその影は、振り子のように大きく弧を描きながら、ユフスのもとにやってきて、彼の体に腕を回し、まるで地面から引っこ抜くようにさらった。

間一髪だった。

その直後に、ユフスがそれまで立っていた場所に、貪食竜が突っこんできたのだから。

あっけにとられながら、ユフスは自分を救ってくれた相手を見た。

四十そこそこの男だった。細身だが、腕と肩はたくましく、片腕でユフスを軽々と抱え、もう一方の手で縄をつかみ、二人分の重さを支えている。ナルマーン人特有の、くっきりとした目鼻立ちと浅黒い肌の持ち主で、闊達《かったつ》そうな目に、豊かな黒い巻き毛が美しい。たいした男ぶりだと、ユフスは思わず感嘆してしまった。近頃、だいぶ髪が寂しくなってきている自分とは大違いだ。

と、縄が引っ張られ、二人は船へと引きあげられた。

甲板に足をつけたとたん、ユフスの腕の中にキアラが飛びこんできた。

「ユフス！　大丈夫か？　怪我はないか？」

「それは私のせりふでございます」

温かな小さな体をぎゅっと抱きかえしながら、ユフスは震える声で言葉を返した。

「姫様こそお怪我は？　いきなりお姿が見えなくなったので、心配いたしました」

「怪我はない。姿が消えて見えたのは、この人達がキアラをこの船に引っ張りあげてくれたからだ」

その言葉に、ユフスは顔をあげた。

自分を救ってくれた男の他に、もう一人、男が立っていて、微笑みながらこちらを見ていた。ナルマーン人らしき男よりも少し若く、体つきも小柄だった。目も、もしゃもしゃと奔放に伸びた髪も、黒曜石《こくようせき》のように黒い。顔立ちは平凡だが、どことなく少年っぽさが残っていて、そこが愛嬌《あいきょう》となっている。

この二人は何者だろうと思いながらも、ユフスはまずは深々と頭を下げた。

「絹の都のユフスと申します。こちらは……私の主の娘御キアラ様でございます。命を助けていただき、まことにありがとうございました」

「そんなにかしこまらないでください」

若いほうの男が明るく言った。

「俺達は当たり前のことをしたまで」

「そうそう」

年上のほうもうなずいた。

「砂煙がすごかったから、なんだと思って、近づいてみることにしたんですよ。そうしたら、あんた達と貪食竜が見えたから。これはまずいと、すぐに縄で引っ張りあげることにしたんです」

貪食竜！

そう言えば、どうなったのだろうと、ユフスは慌てて船の縁から身を乗りだした。

下では、貪食竜が悔しげな唸《うな》り声をあげて、身をのたくらせていた。だが、どんなに暴れても、さすがに翼船までは届かない。

助かったのだと、やっと実感がわき、ユフスは男達に向き直った。

「なんとお礼を言ったらいいやら」

「いやいや。だから、そんなかしこまらないでくださいよ。大砂漠で困っている人がいたら、できるかぎり手を差しのべる。それが俺達『赤いサソリ団』の決まりなんで」

さらりと告げられたこの言葉に、ユフスは仰天した。

「赤いサソリ団」。

その名を知らぬ者は、大砂漠にはいないだろう。人種も年齢もばらばらな者達が一つの家族として集った一団で、その全員が凄腕の翼船の乗り手だと言われている。彼らは誇り高く、高潔で勇敢だ。もともとは稲妻《いなずま》狩人の集団だが、時と場合によっては盗賊も狩るし、奴隷市を壊滅させたりもする。

凶王サルジーンに、もっとも激しく抵抗していたのも「赤いサソリ団」だったという。サルジーンに村を焼かれたユフスにとっては、彼らは輝かしい英雄に他ならなかった。

その「赤いサソリ団」の船に、自分が乗っている。そのことが、ユフスには信じられなかった。

感動のあまり震えているユフスに、キアラがそっとささやいた。

「ユフス、どうした?」

「ああ、姫様。私達は今、伝説の一団の船に乗っているのでございます」

「『赤いサソリ団』とやらは、そんなにも有名なのか?」

「はい。特に首領タスランは、かのサルジーン王と何度も戦い、その野望を邪魔していた存在として名高いのです。……もしかして、この船にタスラン殿はお乗りなのでしょうか？」

長い間、憧れ崇《あが》めてきた人物に、一目会ってみたい。

目を輝かせて尋ねるユフスに、男達は笑いながら首を横に振った。

「タスランの旦那は、今は隠居して、奥さんとのんびり暮らしています。もちろん、体が鈍らないよう、時々は船にも乗りますけどね」

「今の首領は、タスランの息子のタンサルですよ。熱血漢で、これまた頼もしい人です。みんなからは銀獅子《ぎんじし》タンサルなんて呼ばれてます」

「そ、そうでしたか」

がっかりするユフスに、年長の男のほうが名乗った。

「ああ、そっちの名前は聞いたのに、まだ名乗っていなかったですね。俺はマハーンです。こっちは弟のシャン」

「おお、ご兄弟でしたか」

似ていないなと、ユフスは心の中で思った。

だが、キアラはもっとあけすけだった。

「マハーンとシャンは気配が全然違う。キアラはわかる。血のつながりはないのだろう？　それでも兄弟なのか？」

「ひ、姫様！　そのように踏みこんだことを聞くものではございません！」

ユフスは慌てたしなめながら、マハーン達のほうを見た。機嫌を損ねた二人に、船を降りろと言われたら、今度こそ貪食竜に食われてしまう。

冷や冷やしているユフスの前で、不思議な兄弟は明るい笑い声をあげた。そうして、シャンのほうが身をかがめ、キアラと目を合わせた。

「鋭いおじょうさんですね。ええ、確かに俺達に血のつながりはないですよ。でも、そんなのは関係ないんです。マハーンが兄貴で、俺が弟。そうなろうと、二人で決めたから」

「そうそう。俺達が自分で選んだことなんだよ。だから、俺達はまぎれもなく兄弟なんだ」

兄弟の言葉は力強く、ゆるぎない信念に満ちていた。

キアラも納得したようにうなずいた。

「そうか。それはいいことだと思う」

「そうさ。いいことなのさ。ところで、ユフスさん。あんた達の行き先はどこです？　こうやって知り合ったのも何かの縁だし、あんた達の望むところに送り届けてあげますよ」

「かたじけない。では、絹の都ハタリースに向かっていただけますかな？　もちろん、きちんとお金は払いますので」

「うーん。いらないと言っても、あんたは納得しなそうですすねえ」

どうしようと言うように、マハーンはシャンに目を向けた。シャンはすぐさま口を開いた。

「それでは金はいただきましょう。そのかわり、一つ、交換条件があります」

「な、なんですか？」

「このおじょうさんの身だしなみを、俺に整えさせてほしいんです。正直、最初に見た時は、人だとわからなかったから。ちゃんとした姿になったところを見てみたいんです」

というわけでと、シャンはふたたびキアラに目を合わせた。

「おじょうさん、その髪をとかしてあげますよ。汚れを落とす香油もあるから、それで体をぬぐうといいでしょう。あと、おじょうさんに合いそうな服もあるから、それを着てほしいんだけど、どうですか？」

「わかった。取り引きとあれば、キアラは応じよう。ユフス、それでいいな？」

「は、はい。では、シャン殿、よろしくお願いいたします」

「おまかせを。こう見えて、俺は器用なんです。では、おじょうさん。こちらにどうぞ」

シャンに連れられ、キアラは甲板の落とし戸を降りて、船室に入っていった。

それを見届けたあと、ユフスは甲板に戻り、舵《かじ》を取り始めたマハーンに声をかけた。

「絹の都にはどれほどで着きましょうか？」

「この船でなら、夜明け前には着きますね」

「そんなに早く……。ご親切とご助力に、重ね重ね感謝しますぞ、マハーン殿」

「いや、むしろこのくらいしかできなくて、申し訳ないと思っていますよ」

マハーンの顔に苦笑がにじんだ。

「あんた達が訳ありなのは見ればわかります。でも、それに首を突っこむほど、俺達は暇人じゃありません。薄情に思えるかもしれませんが、絹の都に着いたら、あんた達を降ろして、俺達はまた発《た》ちます」

「それで十分です。ありがとう」

心をこめて言うユフスに、マハーンは羊の焼き肉をはさんだパンを差しだしてきた。

「シャンが仕事を終わらせるまで、もう少しかかると思いますよ。これでも食べて、少し休んでいてください」

「お言葉に甘えさせていただきましょう」

パンは少し堅かったが、香辛料をまぶしてある肉は軟らかく、味わいもよかった。にわかに空腹を覚えたユフスは、がつがつとそれをむさぼり、それから船の帆柱に背中を預けて目を閉じた。

都に着いたら、すぐに領主の屋敷へ向かおう。イフメドはまだ寝ているかもしれないが、娘の帰還を聞けば、飛びおきるはずだ。ああ、どれほど喜ぶことだろう。

キアラを抱きしめる主人のことを思い浮かべるうちに、ユフスはいつしかとろとろとまどろんでいた。

そして、はっと目覚めた時、目の前には見違えるような姿となったキアラが立っていた。

「ひ、姫様……」

「どうだ、ユフス？　似合うか？」

両腕を広げて、くるりと身を回してみせるキアラは、もはや獣の子には見えなかった。

銀の刺繍《ししゅう》がほどこされた赤い腹がけをつけ、ゆったりとした白いズボンと緑の帯を締めている。本来は少年用の服だが、キアラにはよく似合っていた。肌の汚れはぬぐいとられ、すさまじくもつれていた髪もきれいにとかされて、大きな三つ編みにされていた。しっとりと艶《つや》を帯びているのは、髪油をなじませてあるからに違いない。

金の目を輝かせ、闊達さと生命力にあふれたキアラのその姿に、ユフスは涙が出そうになった。母親サリーヤに生き写しだったからだ。

「ユフス？」

「……姫様。とてもようございます。よくお似合いでございます」

気づかれないよう、目をぬぐったあと、ユフスはシャンに礼を言った。

「姫様の身支度を整えてくれたこと、感謝しますぞ。それにしても、このような服、よく持っていましたな」

「なに。里の子供達への土産《みやげ》の一つです。一人、お転婆《てんば》な女の子がいるんですよ。その子に、こういうきれいで、でも動きやすい服がほしいと頼まれていましてね」

「それは……なにやら申し訳ない」

「いえいえ、大丈夫です。その子には別の贈り物をするので、気にしないでください」

笑って言ったあと、シャンは兄のほうへと歩いていった。

ユフスはまたキアラをしみじみと見つめた。

本当に美しい子だ。この顔立ち。覇気《はき》のある金の瞳。次の領主として申し分ないと、誰もが認めるに違いない。そうなれば、タビビアであっても、そう簡単にはキアラに手出しできないだろう。

翼船の飛行にはしゃぐキアラを見守りながら、ユフスは早くもこれからのことを思い描き始めた。

マハーンの言葉どおり、夜明けまであとわずかという時刻に、翼船は絹の都に到着した。

自分達は船から降りないと言うマハーンとシャンに、持ち合わせていた金を財布ごと渡し、感謝をこめた握手を交わしたあと、ユフスはキアラを連れて領主の屋敷へと足を急がせた。

心が高鳴っていた。

早くキアラを主に会わせたい。このすばらしい姫を、全ての人にお披露目したい。あれこれ見たいと言うキアラをなだめ、まだ人気《ひとけ》のない大通りを突っ切っていき、ようやく領主の屋敷にたどりついた。

七色のタイルで覆われた美麗な大門に、キアラが目を丸くしている間に、ユフスは門番を呼びだし、自分の名を告げた上で、大声で言った。

「イフメド様にお会いしたい。ユフスが姫君を連れ帰ったと、お伝え願いたい！」

待つことしばし。大門が二人のために開かれた。

屋敷の中は奇妙なほどざわついていた。姫の帰還は、すでに火のように広がっているらしい。召使い達が騒ぐのも無理はあるまいと、ユフスは気にも止めなかった。キアラが不安げに、「ユフス。なんだか変だ。ここは……嫌な気配がする」と、ささやいてきた時も、「落ち着かないでしょうが、しばし辛抱《しんぼう》してくださいませ」と、ささやきかえした。

そうして、二人は大広間へと通された。日中の大広間は、いつも人でいっぱいだが、今はまだがらんとしていた。

奥に据えられた領主の座に、イフメドの姿はなかった。かわりに、座っていたのは彼の妻タビビアだった。毒々しいまなざしをこちらに向け、不敵な笑みを浮かべながら、彼女は女王のようにふんぞり返っていた。

ユフスは仰天した。領主の正妻であっても、その座に腰かける資格はタビビアにはないというのに。その一方で、ちりっと、首筋の毛が逆立った。

おかしい。彼女は残酷であるのと同じくらい、狡猾《こうかつ》で用心深いはず。なのに、こうも不遜に、大胆なふるまいに出るとは。これは決して自分が罰せられないと知っているからこそだ。おかしい。何かが変だ。

混乱しているユフスに、タビビアが声をかけてきた。

「頭を下げよ、ユフス。私の前でいつまで立っているつもりだ？」

「……イフメド様はどこにおわしますか？」

「はっ！　さすがは忠義者。この私を前にして、第一声がそれか。しかも、本当にサリーヤの娘を見出してくるとは」

タビビアのまなざしがキアラに向いた。びくっと、これまで動じたことのなかったキアラが身を震わせた。タビビアのまなざしはそれほど強烈だった。

「なるほど。どこで拾ってきたまがいものかと思っていたが、これは間違いあるまい。あの卑《いや》しい軽業師と同じ顔だもの。おまけに……本当に金色の目とは」

ユフスはキアラを体で隠すようにして庇いながら、まっすぐタビビアを見返した。ユフスが知っているかぎり、タビビアはいつも不満と怒りを抱え、唇と目を尖らせている女だった。だが、今の彼女はとても満足そうだ。それゆえに、いつもの何倍も恐ろしい存在に見える。

しくじったと、ユフスは後悔した。彼女が領主の座にいるのを見た時、すぐさま身をひるがえし、キアラを連れて逃げるべきであった、と。

だが、もうそれも手遅れだ。出入り口である大扉には、いつのまにか蟻《あり》のように兵士が集まり、固めてしまっていた。彼らの胸についている紋章は、タビビアの実家のものだった。

ユフスは謎が解けた気がした。

「謀反《むほん》を起こされたのでございますね?」

「そう。これからは私と私の血族が、絹の都を取り仕切る。キスームとヤジームがもう少し成長し、二人が安全に都を治められるようになるまで、しっかりと土台を築いてやるつもりよ」

傲然と言い放つタビビアを、ユフスはまじまじと見つめた。

息子達が領主になるだけでは、タビビアには物足りなかった。自分の兄やその子供達により大きな権力を与え、自分達一族の地位を不動のものにする。それこそが彼女の野望であったわけだ。

この計画はずっと前から立てられていたに違いない。

「その口ぶりですと……もう屋敷は掌握《しょうあく》したようでございますな」

「もちろんよ。息子達の脅威になりそうな血筋の者は、全て殺した。しきたりだのなんだのと、うるさくわめきそうな年寄りどももね。……それに、もちろん、役立たずの夫も」

ふいにタビビアは立ちあがり、それまで座っていた座の後ろから何かをつかみあげて、こちらに差しむけてきた。

それは領主イフメドの首であった。首からはまだ血が滴っており、顔には驚いたような表情がはりついたままだ。

主の死を予想していたユフスだったが、イフメドの変わり果てた姿には衝撃を受けた。

「な、なんてことを……」

足が震え、立っていられずに膝をついた。

自分がそばにいたら、イフメドを救えたかもしれないのに。命と引き換えにしてでも、必ず救ってみせただろうに。

そんな思いがこみあげてきて、ぼたぼたと、涙となってこぼれ落ちた。

だが、キアラは違った。父親の生首を見せつけられても、キアラはまっすぐ立っていた。

「ユフス、あれが父なのか?」

「……はい」

「そうか。……残念だ。生きているうちに会いたかったな」

淡々とした口調だったが、この言葉に、ユフスは正気に戻った。

イフメドは死んだが、キアラはまだ生きている。この姫をなんとしてでも生かしたい。絶望的かもしれないが、逃げるための手段を考えなければ。

時間稼ぎのため、ユフスはあえてタビビアに問うた。

「どうやって、これだけのことをなしえたのでございます？　たった一夜にして、ラー・ネフェルタン一族を根絶やしにするなど、普通ではできぬはず」

悪事で勝利を手に入れた者は、饒舌《じょうぜつ》になりやすいものだ。

タビビアもそうだった。彼女は得意げにしゃべりだした。

「知りたいのなら教えてやろう。少し前から黒の都の魔法使い達と取り引きをしていたのだよ」

「黒の都……」

「そう。イフメドは彼らとの取り引きを禁止していたけれど、我が兄がこっそり手はずをつけて、私に会わせてくれた。不吉で穢らわしい者どもだけれど、役に立つ物をあれこれ用意してくれた。ことに、音を吸いとる煙香と、敵だけを深く眠らせる薬は、手に入れるだけの価値はあった。おかげで今夜、我が兄の家来どもは穀物の穂を刈りとるように、敵の寝首をかくことができたのだからね」

ただしと、タビビアは楽しげにイフメドの首を振ってみせた。

「我が夫だけは私が手を下した。眠っているイフメドを叩き起こし、全てを話したうえで、その心臓に短刀を突き立ててやったのだよ。ああ、あの時は、本当に気持ちがすっきりした。……もっと早くこうするべきだったと、ひたすらそう思ったわ。この私を何度もないがしろにした、不《ふ》甲斐《がい》ない愚かな夫など、とっとと片付けてしまえばよかったと。卑しい女にばかり惚れて、歌だ舞だとうつつを抜かしているような男は、このタビビアには必要ないというのに」

タビビアはイフメドへの怒りと愚痴《ぐち》を長々と言いたかったらしい。

だが、ユフスはそれを遮《さえぎ》った。どうしても聞きたいことがあったからだ。

「代償に何を……」

「え、なに?」

「……不思議な道具と引き換えに、何を黒の都に差しだしたのですか?」

「ああ、取り引きのこと?」

子供だと、こともなげにタビビアは答えた。

「健康な子供を五十人。それで領主の座を得られるなら、たいした代償ではない。ラー・ネフェルタンの血族は全て殺したと言ったけど、十歳以下の子は生かして閉じこめてある。これにあと三十人の子を足せば、魔法使いどもを満足させられる。グルドーワの奴隷市で買ってくるつもりだけれど、面倒だったら、市井《しせい》の子を捕らえてもいい。とにかく、五十人そろえばいいのだもの……。だけど、おまえをそこに加えるつもりはないよ、サリーヤの娘」

タビビアは黒蛇のようなまなざしをキアラに向けた。

「おまえは私がゆっくりいたぶってやる。サリーヤにしてやりたかったこと全てを、サリーヤの娘であるおまえに与えてやるとしよう」

そしてと、タビビアはふたたびユフスを見た。

「それはおまえもだ、ユフス。昔、おまえは私の息子達を叱り飛ばしたことがあったね。キスームもヤジームも、そのことは片時も忘れていないという。おまえはね、二人への贈り物となるのだよ。ただでは死ねないと、今のうちに覚悟を決めておくといい」

タビビアが軽く手首を振ると、わらわらと兵士達が大広間に入ってきた。

キアラを庇いながら、ユフスは必死に逃げ道を考えた。なんとかして、彼らの持つ武器を奪いとり、血路を切り開くつもりだった。この大広間を出れば、中庭に出られる。そこには古い下水道につながる石蓋がある。あれを開けて地下に下りれば、そこは複雑な迷路も同然。追っ手をまける可能性は十分にある。

「姫様！　どうぞ私から離れないでくださいませ！」

「………」

「姫様？」

見れば、キアラは悲しげな顔をして、タビビアのほうを見ていた。

「しっかりなさってください、姫様！」

「……ああ、ユフス。敵意を向けられるのは、いやなものだな。相手が誰であろうと、胸がざわついて悲しい」

「姫様……」

「彼女を憎いとは思わない。むしろ、ああまで心を追いつめられてしまったことを、気の毒に思う。だが、キアラの哀れみで、しでかした罪が消えるわけでもない。たくさんの人が死んでしまったのだから。……人はいやだな」

キアラはユフスのほうを見た。強く輝いていた金の目に、今は涙が浮かんでいた。

「ユフス……母は言ったのだ。キアラは選ばなければならないと。ユフスやマハーンやシャンのようないい人間もいるとわかっている。それでも……キアラはいやだ。人になりたくない。……キアラを許してくれるか?」

キアラが何を言っているのか、ユフスにはわからなかった。ただ、この少女がとても大事なことを決めようとしていることだけは、ひしひしと感じとれた。

今は迫ってくる兵士達に集中するべきだ。彼らから武器を奪いとり、キアラを逃がすことを考えなければならない。

そうわかっているのに、ユフスはまったく別のことをした。

本能的に、キアラの小さな体を抱きしめたのだ。

「自由に生きてくださいませ。それがなによりでございます。イフメド様はお亡くなりになった。もはや、あなた様が何かを担う必要はございません」

だから、なんとしてでも生きのびてください！

そう叫ぶユフスに、ふわっとキアラは笑った。

「うん、そうする。だから、ユフスも生きて」

するりと、キアラはまるで水の精のようにユフスの腕から抜けだした。そして、懐《ふところ》から何かを取りだした。水を固めたかのような透明の石だった。

ぷるりとしたそれを、キアラは床へと落とし、愛しげに呼びかけた。

「母、迎えに来て」

その瞬間、空気が一気に変わった。大広間そのものが、冷たく柔らかい気配にどっぷりと満たされたのだ。灯《あか》りは全て消え、音も消えた。青ずんだゆらめきが、壁や床や天井をゆるやかに走っていく。

そこは間違いなく水の中であった。息はできるし、自由に動けるが、大広間は完全に水に沈んでいた。

誰もが驚き、中には叫び声をあげる者もいた。だが、彼らの口からは泡がほとばしるだけで、声は水に溶けて、聞こえなかった。

と、ゆらりと、大きなものが大広間の中に入ってきた。

今度こそ、全員が絶句し、固まった。

それは馬に似た生き物だった。顔と首と体は馬そっくりで、だが下半身は大きな魚だ。大きさは象ほどもあり、白みを帯びた金色の毛並みと、純銀さながらの銀の鱗が美しい。人の背丈ほどもある長く青いたてがみは、不思議なほど優美にゆらめいている。

だが、水色の目は片方なかった。右目のほうがえぐられ、そこから黒いひび割れが走り、顔半分を覆っている。なにものかによって傷つけられ、損なわれたのだろう。

こんなにも美しく偉大なものを、傷つけるような者がいる。そのことがなんとも恐ろしかった。

不思議な生き物は兵士達には見向きもせず、すうっとキアラのほうに泳ぎよってきた。そして、たてがみを腕のように動かし、キアラにからませ、抱きよせたのだ。

ユフスはそれを止めなかった。キアラが嬉しそうに笑っていたからだ。その笑顔にもまなざしにも愛があふれていたからだ。

ふいに悟った。

この生き物がキアラの「母」なのだ。

「姫様を育てたのは……魔族だったのか」

人と違う姿と力、誇り高い魂を持ち、人と交わることを嫌う魔族。その姿をこうして目《ま》の当たりにしているなど、奇跡に近いことだ。

畏怖が全身を縛り、ユフスはもう何も考えられなくなってしまった。ただただこの魔族を見ていたいと、そう思った。

そんなユフスの前で、キアラは魔族の背中にまたがり、その長い首に抱きつくようにしながら何かささやいた。すると、魔族がユフスを見たのだ。

しゅるりと、一房のたてがみが蛇のように伸びてきて、ユフスの頬に触れた。

とたん、声ならぬ声がユフスの頭の中に響いてきた。「母」が話しかけてきたのだ。

その声は、色を、形を持っていた。そのため、「母」が語ることを、ユフスは自分の目で見てきたかのように頭に思い浮かべることができた。

かつて魔法使いに狙われ、右目を奪われたこと。

傷つきながら、必死で密林セバイーブに逃げこんだこと。

それから長い年月が経ち、一人の女が赤子を連れてセバイーブにやってきたこと。

魔族の「母」の声を通して、ユフスはサリーヤの最期を目の当たりにし、思わず涙をこぼしそうになった。

そんなユフスに、「母」は柔らかくささやき続けた。

「女は死ぬその時まで、赤子のことだけを思っていた。その想いが、私を動かした。人など見たくもなかったはずなのに、ついつい赤子に手を差しのべ……そして心を囚《とら》われてしまった」

「囚われた……」

「そう。赤子はあまりに小さく、あまりに弱く、あまりに愛おしかったから。キアラのおかげで……この子を愛することで、私の苦しみは和らいだが、傷は完全には癒えなかった。……私の命は長くない。私が最期を迎える前に、この子を人のもとに返そうと、そう思った。本来の生き方を選ぶこともできるのだと、この子に教えたかった。……だが、この子は魔族を選んでしまった。私はその心を尊重するが、今ならまだ変えられるかもしれない。キアラに優しくしてくれた人間よ。そなたが説き伏せれば、キアラは人に戻れるかもしれぬ」

どうする、と淡い水色の瞳がユフスをのぞきこんできた。

自分の全てが水の中に溶けていくような心地を味わいながら、ユフスはキアラを見た。魔族の背にいるキアラは幸せそうであった。母に守られ、安心しきっているせいか、年相応に幼く見える。

その姿に、ユフスの心も決まった。

たてがみに自分から触れながら、ユフスは言葉を返した。

「私も姫様の決心を尊重いたします。魔族の母君よ、姫様をよろしくお願いいたします」

ユフスの言葉に、魔族は小さく笑ったようだった。

そして……。

キアラと共に、ふっと姿を消したのだ。

同時に、水の気配もなくなった。

消えていた灯りがいっせいに戻り、大広間がもとの明るさを取り戻す中、ユフスは大きく息をついた。まるで夢から覚めた気分だった。実際、こうして立っているのは自分だけだ。兵士達も、奥にいるタビビアも、白い泡を吹いて、気絶している。

「魔族の母君の贈り物か」

生きろと、キアラも言っていた。その言葉には従わなくてはなるまい。タビビア達が目覚める前に、人を呼ぼう。そして、謀反のことを告げ、下手人《げしゅにん》達を捕らえ、閉じこめられている者達を救い出さなくては。

皆を呼び集める鐘を打ち鳴らすため、ユフスは大急ぎで大広間を出て行った。


その後、タビビア一派は捕らえられ、財産を取りあげられた上で、絹の都ハタリースを追放されることとなった。六十七人という犠牲者を出したのだから、本当なら即斬首になってもおかしくなかった。

だが、タビビア達が黒の都と取り引きしていたこと、その報酬がまだ支払われていないことが、裁きの決め手となった。

自分達の手をわざわざ穢す必要はない。

絹の都の者達はそう判断したのである。

そうして、タビビアとその一族はことごとく大砂漠へと放りだされた。双子の息子達も謀反に加担していたため、容赦はされなかった。彼らは怒りと恨みに満ち、「必ず戻ってきて復讐する」と、最後までわめきちらしていた。

だが、絹の都の者達は気にも止めなかった。

黒の都の魔法使い達は、契約を破る者を決して許さないのだから。

事実、タビビア達の消息はすぐに途絶えた。

彼らの身に何が起きたのかを知っているのは、大砂漠だけだろう。

2

小さな眷属《けんぞく》の憂《うれ》い

まだ色持たぬ魔子《まこ》達よ。
いずれ時はやってくる。王を選ぶその時が。
真名《まな》を預かる三柱。
不変不動の白の君。
水と風に愛されし青の君。
勇猛果敢な炎のごとき赤の君。
いずれも優れた王なれば、選ぶことも難しく思えよう。
されど、心は惑わぬもの。
一目まみえれば、すぐわかる。
これぞ我が王と、魂が歌いだす。
その時を待ちかねよ、愛し子達よ。

魔族ワスラムの両親は、白の眷属《けんぞく》であった。両親だけではなく、兄姉、祖父母も叔母もだ。一族はみんな白の王に忠誠を誓い、王の色を宿した銀灰色の瞳を誇りとしていた。

当然ながら、自分も白の眷属になるのだと、ワスラムはそう思っていた。

白の王の前に出て、自分の真名を告げ、魂の守り手になっていただく。

その時を待ちわびていた。

そうして、世に生まれ出て十の年を重ねたある日、ワスラムは両親に連れられて白の王の前に出た。

かの王は真珠《しんじゅ》色の大広間にて、大樹の根のようにからみあった玉座に座っていた。王の白く波打つ髪も、ほっそりとした優雅な手足も衣も、全てがその玉座と一つになっていた。動くことも揺らぐこともない、絶対的な安定と威厳と優しさが、白の王にはあった。

どうして不動の君という二つ名で呼ばれるのかを、ワスラムは理解し、胸を打たれた。

なんと美しく尊いのだろう。この方はここで、白の眷属達を見守り、支えていらっしゃる。この方の眷属に加えていただきたい。その栄誉を手にしたい。

だから、まぶたを閉じたまま、王がこちらを見てくれた時、ワスラムは胸躍《おど》らせながら、すぐさま真名を告げようとした。忠誠を誓い、愛を誓おうとした。

だが、どうしても、名乗ることができなかった。ひざまずき、頭を下げたところで、体が固まってしまったのだ。口は開くのに、声が出てこない。

王がこちらを見ているというのに。両親が期待をこめて見ているというのに。

焦りと苦しさと悲しみがわきあがってきて、ワスラムはぼろぼろ泣いた。それでも、やはり名乗ることはできなかった。

両親の期待が驚愕と落胆に変わるのを、ワスラムは肌で感じた。もうだめだと思った。

自分は家族の恥さらしになってしまった。

絶望感が押し寄せてきた時だ。

「泣かないで、かわいい子」

こちらを抱きしめるような優しい声だった。

白の王が、自分に話しかけてきた。恐縮のあまり、ワスラムはいっそう身を縮めた。と、白の王が微笑《ほほえ》む気配がした。そうすると、真珠色の大広間に柔らかなさざ波が走った。

「小さな子。幼い子。そんなに恥じずともよいのです。あなたの王は他にいるということなのだから」

「で、でも、白の君！　ぼくはずっと白の眷属の……！」

「それはあなたの家族の話。あなた自身のことではない」

白の王の言葉は柔らかく、そして揺るぎなく真実を突いていた。

「あなたの王は、私ではない。それは確かなことなのです。あなたの名を預けてもらえぬのは寂しいことですが、それもまた、あなたの選択」

「白の君……。ぼ、ぼくは、どうしたら……」

わかっているはずですよと、白の王はさらに微笑んだ。

「あなたの王を捜しにお行きなさい。このまま家族のもとに留《とど》まっても、遅かれ早かれ、あなたは耐えられなくなるでしょう。心が悲しみに沈む前に、旅立つのがよいと、私は思いますよ。ねえ、シュライバ、ラスクラ。あなた達も、末子の旅立ちを認めてあげるでしょう?」

ワスラムは思わず顔をあげ、両親のほうを見た。銀灰色の目に涙を浮かべて、両親はワスラムを見返していた。深い愛と悲しみと、理解できないものを見るまなざしだった。

ワスラムは悟った。もう自分の居場所は家族のところにはないのだと。愛情と絆はあっても、以前とは違うのだと。

白の王の大広間を出たその日のうちに、ワスラムは家族に別れを告げ、自分の王を見つけに行くことにした。

人間を避け、夜に動き、目についた果物で腹を満たした。

慎重で幼いワスラムの旅はそれなりに長くかかり、目指す炎の王宮にたどりついたのは、ふた月後のことだった。

　黄金の縞模様の金属で造られた王宮は、山のように大きく、緋色《ひいろ》の宝石で覆われた屋根と、そこここから噴き出す七色の炎がじつに美しかった。

　そこに出入りする赤の眷属達も、激しいまでの活気と喜びと誇りをみなぎらせていた。彼らは音楽と舞を好み、勇ましいものを好んだ。それはすなわち、彼らの王である赤の君が、そういう性格なのだということを意味していた。

　その赤の王にまみえた時、ワスラムは目を奪われた。

　赤の王は、三十代の女に見えた。背が高く、豊満な体を金と真紅の衣に包み、大剣を持って楽しげに踊っていた。どんな宝石も色あせるような赤い目は生き生きときらめき、炎そのものを思わせる髪はひるがえるたびに火花を散らす。

　なんと美しく、なんと気高いのだろうと、ワスラムは涙が出そうになった。

　だが、それだけだった。

　赤の王の姿と魂の輝きに圧倒されながらも、真の名を捧げることができなかったのだ。

　ワスラムは絶望した。赤の王も違ったということは、残るはただ一人、青の王だけだ。

　だが、青の王の消息は絶えて久しかった。三百五十年以上前に姿を消し、しかも、その時に、こともあろうに青の眷属達を人間達に与えていってしまった。以来、青の眷属達は奴隷として人間に仕えているという。

ワスラムは恐ろしくなった。

王がいない。契約の名乗りをすることもできない。いや、仮に消息がわかったとしても、自分の眷属を人間に渡してしまうような冷酷な王に、どうして真名を預けられようか。そんなことをしたら、自分もまた人間の奴隷となってしまうだろう。ああ、いやだ。奴隷になどなりたくない。だが、怖い。この黒い瞳のまま、このなんともいえない孤独感に魂を蝕《むしば》まれて、やがては闇に堕《お》ちていくしかないのか。

ワスラムは泣きながら炎の王宮を飛びだし、そのまま大砂漠をあてどなくさ迷った。

やがて朽《く》ちた都に行きついた。人の住まなくなった、ほとんどが砂に埋もれた都は、ワスラムのためにあるようなものだった。

砂を掘り返し、神殿らしき建物の一間までたどりつくと、ワスラムはそこで身を丸めた。何も考えたくなかった。絶望にも孤独にも苦しめられたくない。だから眠ることにしたのだ。

身を丸め、ワスラムは自分に念じた。血の流れがゆるやかになり、肉が石のようになっていくようにと。

そうして、ワスラムは長い眠りについたのだ。そのままずっと目覚めなくてもいいと、ワスラム自身はそう思っていたのだが……。

ある日、ふいに不思議な感覚に突きあげられるようにして、目を覚ました。

あちこちで歓呼の声が聞こえた。大勢の魔族が、どこかで喜びの声をあげている。自由になったと叫んでいる。歌っている。

そして、なによりも大きく体に響いてくるのは、一つの存在だった。

ワスラムは立ちあがり、外へと飛びだした。自分が呼ばれているのがわかった。というより、魂が引き寄せられているのを感じる。それは到底、抗《あらが》えるものではなかった。

そうして、ワスラムはいとも雅《みやび》やかな青の王宮へとたどりついたのだ。

そこには多くの青の眷属達が興奮冷めやらぬ様子で集まっていた。彼らの会話や歌から、ワスラムは事情を悟った。


新しい青の王が生まれた。

人間と青の眷属達の間の枷《かせ》を断ち切ってくれた。

もう奴隷ではない。

王よ。青の君よ。幸いあれ!

幼く美しい我らが王よ!

ラジェイラ様に永久《とわ》の忠誠を!

踊り、叫ぶ青の眷属達の隙間をくぐるようにして、ワスラムはようやく王の前に出ることができた。

青の王はそこにいた。

少女だった。人で言うなら、十二歳くらいだろうか。白の王や赤の王に負けぬほど、美しく繊《せん》細《さい》な顔立ちをしていた。肌はとろりとした蜜《みつ》色。長い髪と瞳は、透きとおった空と深い海を思わせるすばらしい青だ。

背中には見事な水色の翼がはえていたが、一枚だけだった。右のほうの翼は、なぜかなかったのだ。

その欠損ゆえに、幼い王は悲しいほどに美しく、それでいていっそう気高く見えた。

この方は強いのだと、ワスラムは一目で悟った。とても大きな苦しみと悲しみを乗りこえて、今、青玉《サファイア》の王座の上に座っている。明るい微笑みを皆に向けて、誰にでも親しげに言葉をかけていく姿に、芯の強さが表れているではないか。

この方こそ自分の王だ。ああ、魂が踊りだすのを感じる。

これまでにない喜びと感動を覚えながら、ワスラムは青の王の前に進み出て、ひざまずいた。

「青の君。ぼくは、ワスラム・アラザーム。どうぞ我が名と忠誠と愛を受けとってください。あなたの眷属に、ぼくを加えてくださいませ」

青の王はワスラムを見て、にっこりした。

「喜んでそうするわ、ワスラム・アラザーム。青の眷属にようこそ」

軽やかな声で、王がワスラムの真名を口にした。

その瞬間、ワスラムは体に力が満ちるのを感じた。瞳の色が変わるのが、自分でもわかった。それに体も。

ぶるりと、身震いするワスラムに、青の王はさらに笑った。

「ずいぶん姿が変わってしまったのね。ほら、自分で見てごらんなさい」

青の王が指を鳴らすと、すぐさまワスラムの前に大きな鏡が現れた。

王の言ったとおり、ワスラムの見た目は大きく変化していた。砂に潜るのに適した、長い爪のはえた大きな手は細く柔らかくなり、全身にはえていた砂色の鱗《うろこ》も、青みを帯びた白い羽毛に変わっていた。いざという時に身を守るための甲羅《こうら》も消え、かわりに背中から小さな黒い翼が四枚、はえていた。

なにより、瞳が黒から淡い青藤色になっていた。青の王の色が、ワスラムに与えられたのだ。

自分の新しい姿を見て、ワスラムは驚いたものの、混乱はしなかった。

やっと本当の自分になれた。

そんな満足感と誇らしさを覚えながら、ワスラムは想いの全てをこめて、青の王に頭を下げた。

「感謝します、我が君！」

こうしてワスラムは青の眷属となった。

その日からずっと青の王ラジェイラのそばにいることだけを望んだ。王の姿を見ているだけで、幸せだった。

そうして、またたくまに五十二年が経った……。


青の王ラジェイラは、水の流れのように軽やかで、風のように自由を愛する王だった。明るく、無邪気で、気まぐれでもあった。眷属達に囲まれてにぎやかに宴を楽しむこともあれば、広い庭園で一人で過ごしたがることもある。

時には、ふらりと、誰にも告げずにどこかに出かけてしまうこともあった。片翼ゆえに自分で飛ぶことはできなかったが、彼女には幸いの虫アッハームがいた。竜のような体と蝶のような華麗な翅《はね》を持つ幸いの虫は、ラジェイラの望むまま、どこにでも飛んでいくのだ。

誰もそれを止めはしなかった。風と水の性《さが》を持つ青の王は、なにものにも縛られないからだ。

だが、時が経つにつれ、眷属の間にはだんだんと不安が広がりだした。

王となってこの五十二年。この間に、ラジェイラはゆるやかに年をとっていた。彼女の一年は人の四年分に値し、いまや成熟した女人となっている。本来なら伴侶を選び、子をもうけているはずなのだ。次の王となる尊い子を。

だが、ラジェイラはなぜかそうしなかった。彼女が望めば、どんな魔族でも喜んで夫になるだろうに。夫どころか、子供をほしがるそぶりも見せない。

その理由も話すことはなかった。

「眷属達のことはみんな愛しているけれど、中でもあなたは特別よ。王になった私に、最初に名前を捧げてくれたのが、あなたなのだもの、ワスラム」

そう言って、ことのほかかわいがっているワスラムにすら、本心を打ち明けてはくれないのだ。

「どうしたらいいのだろう？」

ワスラムは深くため息をついた。

他の眷属達と同様に、ワスラムもラジェイラが結婚することを願っていた。だが、跡継ぎをもうけてほしいからではない。

ワスラムは仲睦《なかむつ》まじい両親の姿を見て育った。自身も妻を得て、幸せな日々を送っている。

伴侶。心の支え。どんな秘密も苦しみも、誰かと分かち合えれば、その重みは半減する。

魔王としての重責がどれほどのものか、ワスラムは理解していた。それゆえに胸を痛めていた。

無魂《むこん》。魔族が魂を穢《けが》し、闇に堕ちることを言う。無魂した魔族は理性のない魔物と化し、高ぶる殺戮《さつりく》衝動に突き動かされる。あらゆるものの命を奪うことだけが喜びとなり、友や家族らも手にかけようとするのだ。

そして、無魂した眷属の命を絶つのが、魔王の役目だった。

死は救い。

王は安らぎをもたらすもの。

魔族達の心のよりどころだ。

だが、愛する眷属に手を直接下さなければならない王の痛みは、いったいどれほどのものだろうか。

そもそも、歴代の青の王の中で、ラジェイラほど眷属を手にかけている王は他にはいない。先代の王の御代《みよ》、人間の奴隷にされたことで、多くの眷属が闇に堕ちたからだ。

ラジェイラは王となるのと同時に、魔物となった眷属達を捜し出しては、死を与えていかねばならなかった。涙は見せたことがないが、そのことが逆にワスラムには痛々しかった。

誰とでも気さくに話し、いつでも明るい笑顔を絶やさないラジェイラ。それはすなわち、自分の本心を誰にも見せないことに他ならない。

その姿がワスラムには悲しかった。心配でたまらなかった。

自分でよければ、話を聞く。なんでもいいから、心にためこんでいるものを吐きだしてもらいたい。

だが、何度そのことを言おうとしても、ラジェイラはこちらの言葉を遮《さえぎ》ってくる。

「大丈夫よ。跡継ぎのことはちゃんと考えているから、心配しないで、ワスラム」

そう微笑みかけられては、ワスラムはもう何も言えなくなってしまう。

違う。違うのだ。跡継ぎのことよりなにより、あなたのことが心配なのだ。一人でつらい役目を担っているあなたのことが。

たまりかね、ワスラムはついに動いた。

ラジェイラが自室で休んでいるのを見計らい、宮殿の庭園に向かった。

無数の青い花が咲き乱れる庭園では、ラジェイラの翼、幸いの虫アッハームが身を横たえていた。ラジェイラが与えた魔法の竪琴《たてごと》が奏でる音楽に耳を傾け、目を閉じている姿は、黄金を守りながらまどろんでいる竜そのもの。背中にはえた蝶を思わせる翅は、まるで手のこんだ絨毯《じゅうたん》のごとく美しい色彩と模様に覆われている。

船ほどもある巨体の前で足を止め、ワスラムは声をかけようとした。だが、そうする前に、アッハームがまぶたを開いた。知性にあふれた黄金色の目がワスラムに注がれ、鐘のように響く声が上から降ってきた。

「こんばんは、小さなワスラム。どうしたのかな?」

「偉大なアッハーム、我が君のことでお願いがあってきました」

アッハームに気圧《けお》されないように踏ん張りながら、ワスラムは声をはりあげた。

「その名が示すとおり、あなたは幸いをもたらすもの。ならば、どうか我が君に、我らが主ラジェイラ様に幸いを！　ラジェイラ様に、安らぎを与えてくれる存在を見出させてください！　お願いです、アッハーム！」

魂をこめた叫びであり、願いだった。

だが、それはにべもなく断られてしまった。

「それは無理だ、小さな友よ」

「な、なぜですか！　アッハームは我が君の幸せを願わないのですか？」

「もちろん願っているとも。かの方に対する私の愛は、君のそれに劣らない。だが、この上なく幸せであられる我が君に、どうすればこれ以上の幸せを与えられようか。私には無理だ」

「幸せ？　ラジェイラ様が……幸せ？」

ぽかんとするワスラムに、幸いの虫は愉快そうに目を細めた。

「青の眷属達は不安でたまらないようだね。また王のいない時代がやってきてしまうのではないかと。だが、君はどうやら違うらしい。だから、君だけには我が主の想い人を見せてあげよう」

「想い人？　我が君に想い人がいるのですか？」

目の玉が飛びださんばかりのワスラムに、アッハームは口を寄せて小さくささやいた。次の満月の夜、ある場所に来るように、と。

その後はぴたりと口を閉じ、ワスラムがあれこれ尋ねても、二度と言葉を発することはなかった。

次の満月の夜、ワスラムは一人でアッハームに教えられた場所へと向かった。

胸がどきどきしていた。

王の想い人。そんな存在がいたなんて、気づきもしなかった。いったい、どんな魔族なのだろう？　ワスラムが知っている相手だろうか？　もしかして、魔王の一人か？　白の君はありえないが、赤の君であれば、あるいは……。

月光の下、あれこれ思い浮かべながら、ワスラムは銀色に光る夜の大砂漠の上空を飛び続けた。

そうして、砂の渓谷にやってきた。ここが約束の場所だった。

幸いの虫アッハームはすでにいた。その巨体をふわりと浮かせ、漂うように浮遊している。

驚くべきことに、その横には一隻の翼船《つばさぶね》が浮かんでいた。ひどく古ぼけた、今にもばらばらになりそうな翼船だ。

人間が空を飛ぶのに使うものだということを、ワスラムは知っていた。知っていたからこそ、驚いた。

なぜアッハームはあの船の横にぴたりと体をつけるようにしているのだろう？　そもそも、アッハームがいるということは、ラジェイラはまさかあの船に乗っているのか？

慌てふためき、ワスラムはじたばたともがくようにしてアッハームのもとへと飛んでいった。

近づいてきたワスラムに、アッハームは穏やかに微笑みながら、しいっと、指を口に当ててみせた。

「ア、アッハーム……これはいったい……」

「静かに。声をあげてはいけない。そんな無粋なことをして、我らが主の至福のひとときを邪魔してはいけない」

そう言いながら、アッハームはその大きな手でワスラムをすくいあげ、そっと船の甲板すれすれのところまで持ちあげた。

アッハームの太い指に身を隠すようにしながら、ワスラムは様子をうかがった。

甲板には、二人の男女がいた。女のほうは青の王ラジェイラだったが、男のほうは見たことのない相手だった。

髪とひげが白いことから、かなり高齢だと思われた。だが、背筋はぴんと伸びており、肩や腕もたくましい。

そして、その男は人間だった。

ワスラムは絶句した。

人間？　なぜ人間が青の君と一緒にいる？　なぜ、並んで座り、楽しげに言葉を交わしているのだ？

実際、ラジェイラと老人は本当に仲睦まじげだった。広げた美しい敷物の上に並んで腰をおろし、酒肴《しゅこう》をつまみながら語り合っている。二人の間に特別な絆があるのは、一目瞭然だった。互いを見る目には、喜びと信頼と、そして愛が満ちていた。

硬直しているワスラムに、アッハームがささやいてきた。

「彼の名はハルーン。我らが主ラジェイラ様の最愛の人だよ」

「……人、ですよね？　人間なんですよね？」

「そうだ。でも、ただの人間ではないよ。かつて、ラジェイラ様が名と記憶を封じられ、人間に利用されていたことは知っているね？　そのラジェイラ様を、命をかけて救い出したのがハルーンだ。それによってラジェイラ様は王となり、青の眷属解放へとつながった。言わば、彼は青の眷属達の恩人なのだよ」

「恩人……」

「そう。魔王と人。おいそれとは会えぬ立場にはなってしまったが、二人は約束したのだよ。満月の夜は必ず共に過ごそう、と。この五十二年間、その約束は守られている。……私が、我が君は幸せだと言った意味を、わかってくれたかね？」

「ですが……人である彼は、我が君と同じ時を歩むことはできない。いずれ我が君を残して逝ってしまう……」

「それでも我らが主は彼を選んだ。彼もまたラジェイラ様に心を捧げることを選んだ。二人が決めたことに、周りがとやかく言う権利はない。そうではないかな、小さな友よ？」

ワスラムははっとし、改めて前を見た。

ラジェイラは心底くつろいだ様子で笑っていた。ハルーンも笑いながら、ラジェイラの髪に愛しげに指をからめている。ワスラムの目には、敷物の上が別世界に見えた。ラジェイラとハルーンだけの世界。そこには他者が入りこむ隙間などなかった。

ふいに、ワスラムは胸がいっぱいになった。王の、なんと幸せそうなことか。ああ、この笑顔が見たかったのだ。

心を開ける相手が青の王にいたことを、ワスラムは素直に喜んだ。

よかったと、思わずつぶやくワスラムに、アッハームは微笑んだ。

「やはりワスラムに教えてよかった。だが、このことは秘密だよ？」

「わかっています。誰にも言いませんよ。そんな野暮ではありませんから」

ワスラムがそう答えたあとのことだ。ふいに、アッハームの豊かなたてがみをかきわけるようにして、顔が二つ、ひょこりと現れた。

「話はすんだ？　なら、そろそろここを離れようよ」

「そうさ。いつまでもぐずぐずしてたら、それこそ野暮ってもんだよ」

いきなり現れた二人に、ワスラムは目を白黒させた。

一人は魔族だった。漆黒《しっこく》の肌、ゆらめく炎の髪と象のような耳を持ち、豊満な体をスモモ色の衣で包んでいる。薄い紅色《あか》の瞳から、赤の眷属だとすぐにわかった。

もう一人は若い人間の女だった。短い黒髪に凄烈《せいれつ》な瑠璃《るり》色の瞳の持ち主で、野生の雌獅子《めすじし》のような猛々《たけだけ》しさにあふれている。女らしさやなよやかさはまったくなく、着ている男物がしっくり似合っていて、いかにも豪胆そうだ。

言葉が見つからずにいるワスラムに、アッハームが二人を紹介した。

「これは赤の眷属モーティマ。この赤いサソリ号に住んでいる魔族だよ。そして、こっちはラシーラ。ハルーンの娘だ」

「む、娘？」

ワスラムはかっとなった。

娘がいるということは、あの男は結婚しているのか。ラジェイラに愛されていながら、なんと不実なことだろうか。

だが、怒りに震えるワスラムに、当のラシーラが言った。

「あんたが何考えてるか、だいたいわかるけど、大丈夫だよ。あたしと親父に血のつながりはないんだ。あたしは親父に拾われて、家族にしてもらったんだよ」

「拾われた……」

「親父は優しいからね。おっと。話はここまで。アッハーム、離れよう」

「そうだね、ラシーラ」

ラシーラ達を首に乗せたまま、ワスラムを手に乗せたまま、アッハームは音もなく翼船から離れた。十分に離れたところで、もういいだろうと、アッハームはワスラムを見下ろした。

「我が君とハルーンは、月にたった一度しか会えないのだからね。その邪魔は絶対にするまいと、我々三名は誓っているのだよ」

「そうそう。あたし達は親父達の邪魔にならないように、いつも朝まで一緒に過ごすことにしてるんだ。オアシスにおりて、飲み食いとおしゃべりを楽しむってわけ」

「お邪魔虫の宴《うたげ》って、あたしらは呼んでいるんだ。よかったら、あんたも一緒にどうだい？　料理はたっぷり用意してあるし、あんたもきっと楽しめると思うんだけどね」

アッハーム、ラシーラ、モーティマの顔を、ワスラムは順繰《ぐ》りに見つめた。いずれも笑顔で自分を歓迎してくれている。その好意を心地よいと感じながらも、ワスラムは申し出を辞退することにした。

「お誘いは嬉しいんですが、今夜はぼくは帰ります。少し一人になりたくて」

「そうか。残念だけど、それなら無理には引き留められないね」

「でも、よかったら、また来ておくれよ」

「うん。あんたなら、お邪魔虫の宴にいつでも歓迎するからさ」

「ええ、また次の時にぜひ。……ありがとう、アッハーム」

「よい夜を、我が友ワスラム」

別れの挨拶を交わし、ワスラムは翼を広げて飛びたった。飛んでいる間も、歌いだしたい気分だった。

青の王は幸せなのだ。

今はそのことが全てだった。


ナルマーン暦四百三十五年、赤いサソリ号の船長ハルーンは亡くなった。八十歳だった。

3　白の悪だくみ

ああ、まただ。

白い大樹の玉座の上で、白の王は静かにため息をついた。

不変不動であっても、白の王は自分の眷属《けんぞく》達のことを完全に掌握《しょうあく》していた。常に彼らを見守り、何を感じているかを感じとる。彼ら自身よりも彼らのことを知っていると言ってよかった。

だから、誰かが無魂《むこん》した時もすぐにわかるのだ。

今回もそうだった。

「私の愛し子、カリルファ・ヤーマラ……。どうか心安らかに」

悲しみとあきらめと愛をこめて、白の王は無魂した魔族の真名を呼び、そっとその命を摘み取った。

その瞬間、地上のどこかでカリルファ・ヤーマラが死んだ。

それを感じとり、白の王はさらに深いため息をこぼした。

これまで数え切れないほど眷属の命を絶ってきたが、この悲しみと喪失感には慣れることがなかった。罪悪感がないのが唯一の救いだ。もしそんなものを感じてしまったら、とっくの昔に心が壊れてしまっていただろう。

悲しみをまぎらわせるために、白の王は生気に満ちたものを見たくなった。

魔族ではなく、人間がいい。

すぐに心に浮かんできたのは、一人の人間のことだった。世界のあちこちに散らばらせてある自分の目。そのうちの一つを胸に宿した人間アイシャ。ああ、しばらくあの目を開いていなかったが、今、アイシャの周囲ではどんなことが起きているだろう？　アイシャも元気でいるだろうか？

白の王は意識だけをアイシャのもとにある目に向けた。

次の瞬間、強烈な感情がはじけるように流れこんできた。

「どうして私じゃだめなの！」

白の王ははっと目を瞠《みは》った。

若い娘の想いだ。怒りに満ちて、だが同じほど悲しみもにじませている。この感情はアイシャのものだ。

いったい、どうしたのだろうと、白の王が少し焦った。

白の王が知っているアイシャは、明るくかわいらしい少女だ。こんな激しい感情を胸に抱えるような子とは思えないというのに。

だが、目をこらしても、薄暗い天幕の中しか見えなかった。どうやら今は夜で、アイシャは眠っているようだ。

ならばと、白の王は別の方法をとることにした。アイシャの夢の中へとすべりこんだのである。

夢の中で、アイシャは大きくて浅い水たまりの上に立っていた。仁王立ちになっている彼女は、白の王が覚えている時よりもずっと成長していた。もはや少女ではなく、乙女と呼ぶべき年頃だ。すっかり美しくなったと、白の王は感嘆した。

アイシャは怒りに満ちているようだった。こぶしを握りしめ、目を吊りあげて暗い空を仰いでいる。だが、足元の水面に映る彼女の姿は違った。うずくまり、苦しくてたまらないとばかりに泣いている。

この水たまりはアイシャの涙でできているのだと悟り、白の王は思わず前に踏みだした。水たまりは冷たく、白の王が足をつけても、ほとんどしぶきも波紋も立たなかった。

その感触に驚きながら、ついでに、水面で自分の姿も確かめてみた。

緑の目を持つ少女がそこにいた。髪も肌も白く、銀細工のようにきれいな手足が伸びている。

夢の中とは言え、軽やかに体を動かせることに喜びを感じながら、白の王はアイシャに近づき、声をかけた。

「アイシャ。どうしたのです？」

アイシャはすぐに振り向き、とげとげしい声で「あなた、誰？」と聞き返してきた。

白の王は怒らなかった。わからないのは無理もない。この姿は自分でも見慣れないものなのだから。それに、今、この娘の心は何かを感じとる余裕などないだろう。

と、アイシャは何も答えず、ただただアイシャを見つめ続けた。

白の王は恥じ入った様子で目を伏せた。

「ごめんなさい……」

「いいのです。それより、どうしてそんなに怒っているのです？」

「……タスランよ」

アイシャは荒々しく髪をかきあげた。怒っていても彼女は美しかった。

まぶしさすら感じながら、白の王は聞き返した。

「タスランとは、あなたの保護者のタスランのことですか？」

「そう。そのタスラン。……もう私は十七歳よ。保護者なんていらないのに」

「……そんなことを言うなんて、喧嘩《けんか》でもしたのですか？　あなたはタスランのことが大好きだと思っていたのですが」

「もちろん好きよ！　大好きに決まっているじゃない！　嫌いになんか、なれるわけない！　だって、愛しているんだもの！」

やけになった様子で、アイシャはまくしたてだした。

「ずっと前からわかってた。タスランは自分にとって特別な人だって。だから、早く大人になりたいって思っていたの。でも、やっと結婚もできる歳になったのに、タスランは私のことを子供扱いしてくる！　腹立つ！　私はもう大人なのに！」

なんとまあと、白の王は目を瞠った。アイシャが抱えていたのは恋の悩みであったのか。少し胸がわくわくしてくるのを感じながら、白の王はそっとささやいた。

「想いは……伝えたのですか？」

「いやというほど好きだって言ったわ。朝から晩まで、結婚してとせがんだこともある。行商人から買った恋薬を彼の食事に盛ってみたけど、あれは効果なかったわ。あ、あと……この前の夜は、薄着でタスランの天幕に忍びこんだの」

「アイシャ……」

「わ、わかってる。はしたないって思ったけど、案外そのほうがタスランもわかってくれるかもしれないって、モーティマとラシーラがすすめてくれたから……。恋する女たるもの、好きな男の寝込みを襲うくらいしなきゃだめだって」

白の王の頭に、魔族モーティマと女稲妻狩人《いなずまかりうど》ラシーラの、豪快にして肉食獣のごとき笑顔が浮かんだ。

「……あの二人のおすすめは役に立たないと思いますよ」

「うん」

惨めな顔をしながらアイシャはうなずいた。

「タスランったら、悲鳴をあげて逃げていったの。朝になったら戻ってきて、敵かと思ったんだとか、下手な言い訳していたけど……でも、ひどいと思わない？　必死の思いで訪ねた私から、あんなふうにすっ飛んで逃げるなんて！」

ふたたび怒りがぶり返してきたのか、アイシャは「意気地なし！」だの「唐変木《とうへんぼく》！」だのと、タスランのことをののしりだした。

白の王は息をついた。

彼女の必死さ、怒りは理解できた。あとは本心を聞かなくては。とは言え、このままでは埒《らち》があかない。

だから、白の王は水たまりの中に手を差しのべ、水影のアイシャ、泣いているアイシャをそっと引っ張りあげた。そちらのほうが彼女の本心だと、わかっていたからだ。

そうして体は入れ替わった。

引っ張りだされたアイシャは、泣きじゃくっていた。

「アイシャ……」

「怖い。怖いのよ。本当は嫌われているんじゃないかと思って。だから相手にもされないんじゃないかって」

「そんなはずはないとわかっているはずですよ」

「……そうね。タスランは私のことが嫌いじゃない。それはわかるの。た、たぶん、愛してくれていると思う。でも、受け入れてくれない。その理由も言ってくれないの。嫌いとは絶対に言わないくせに。だから、期待してしまう。……こんなの、残酷よ」

確かにそのとおりかもしれないと、白の王はうなずいた。

きっぱり拒絶してくれたら、まだあきらめもつくだろう。中途半端は残酷だ。だが、今ここでむやみに励ましたり、たきつけたりすれば、余計にアイシャは傷ついてしまうかもしれない。タスランの気持ちもわからないことだし、慎重になるべきだろう。

黙って考えこむ白の王を、アイシャは初めて気づいたかのように見つめてきた。

「その白い肌……。あなたは……もしかしてタスランのお母さん？」

「え？」

「ずっと前に亡くなったと聞いていたけど、こうして夢に出て、私に会いに来てくれたの？」

「…………」

「そうなんですね。私は……タスランにはふさわしくないって思いますか？」

「あなた以上にタスランにふさわしい人はいませんよ」

白の王はそう答えながら、改めてアイシャを見た。ほっとしたように笑うアイシャが愛しかった。

アイシャは目の運び手。自分に様々なものを見せ、伝えてくれている。

それは白の王にとっては贈り物に等しかった。

たくさんのものをもたらしてくれたアイシャに報いたい。この子を泣かせたままにしておけない。

その気持ちが募り、白の王は気づけば口を開いていた。

「ねえ、アイシャ。私に考えがあるのです。もしかしたら、あなたの涙を止めることができるかもしれない。私の提案を聞く気はありますか？」

アイシャはすぐさまうなずいてきた。

そのアイシャを抱きよせながら、白の王はそっと考えを打ち明けた。

赤いサソリ団の首領タスランは、三十三歳の男盛りという年齢でありながら、実際よりもずっと老けて見える男だった。細い長身は鍛え抜かれているが、血の気のない白い肌と艶《つや》のない銀髪のせいで、どうも生気が乏しく見えてしまう。

加えて、幽鬼も震えあがるような凶相の持ち主なのだ。

一度見たら、確実に悪夢に出てくる顔だと、口の悪い人間は陰口を叩く。

だが、彼はいたって真面目で優しい男だった。だからこそ、赤いサソリ団の先代首領ラシーラに気に入られ、その座をまかされたのだ。それに異を唱える人間が一人もいなかったことからも、彼の人柄がわかろうというものだ。

さて、その夜、タスランは自分の天幕で深いため息をついていた。すでに夜も更けた頃だが、いっこうに眠れなかった。

考えることは山ほどあった。

次の稲妻狩りの拠点をどこにするか。

増えてきた仲間のため、新しい翼船《つばさぶね》をこしらえるための資金は、どれほどあれば足りるだろうか。

最近、ナルマーンのサルジーン将軍に不穏な動きがあるというのも気がかりだ。

サルジーンのことを思い浮かべたとたん、タスランはないはずの右手がずくりと疼《うず》くのを感じた。

自分の右手を切り落としたサルジーン。彼は日増しに凶暴になり、あらゆる悪行に手を染めつつあるという。ナルマーン王も彼を止められず、今ではどちらが王かわからないようなありさまだとか。

「……近いうちに謀反《むほん》でも起こしそうだと、行商人が言っていたな。……当分ナルマーンに近づかないように、皆にも言っておかなければ」

だが、そんなことよりなにより、タスランの頭を痛めているのは、アイシャのことだった。

出会ったのは六年前。ほんの少女だったアイシャを、タスランは守ると決め、以来、妹のように大切にしてきた。そう。小さなかわいい妹だったのだ。

だが、アイシャのほうは次第にこちらがたじろぐようなまなざしを向けてくるようになった。好きだと、はっきり伝えてくるようにもなった。

この前など、夜遅くにほとんど裸に近いような格好で忍びこんできた。あれには本当に悲鳴をあげてしまった。

おまけに、非常に理不尽なことに、このことに関してはタスランが非難されていた。

「あんたみたいな怖いご面相の男が、あんなかわいい娘に好かれるなんて、この先一生ないことかもしれないんだよ？　その唯一無二の機会を捨てるなんて、そんな馬鹿なことは間違ってもするんじゃないよ」

これはラシーラの言葉だ。

「アイシャの何が不満なのさ？　いい子じゃないか。ぼくが人間の若い男だったらさ、あんな子に結婚してくれと言われたら、天にも昇っちまうほど嬉しくなるけどなあ」

小さな魔族イルミンも言う。

極めつけは、タスランの翼船「赤いサソリ号」の厨房《ちゅうぼう》に住みついている魔族モーティマだろう。彼女はタスランにすっかり腹を立てており、そのことを隠そうともしなかった。

「やだねえ。こんな乙女心を踏みにじるような唐変木が、赤いサソリ号の船長だなんて。あああ、アバンザが生きていたら、ハルーンが生きていたら、あんたの尻を蹴飛ばしていたよ！　情けないったらありゃしない。食事？　やだよ。ごめんだね。あんたには当分料理は作らない。そこらの干し肉でもかじってればいい。ほら、出てっておくれ！　しっしっ！」

まるで虫を払うように、モーティマは象そっくりの大きな耳をはたいて、タスランを厨房から追いだしたのだ。以来、タスランの食事は非常にわびしいものとなっている。それもあって、ますます気が滅入っていた。

「そろそろ本当にアイシャのことをどうにかしないといけないな」

だが、どう言ったらあきらめてくれるだろうか。アイシャを傷つけることなく、恋心をあきらめさせる魔法のような言葉はないものか。

考えれば考えるほど、頭の奥が痛くなってくる。

ふたたびため息をついた時、秘やかな足音が近づいてくるのに気づいた。

またアイシャか。性懲《しょうこ》りもなく夜這いに来たのだろうか。だとしたら、こんなことをしてはいけないと、今度こそしっかりと言って聞かせなくては。

泣かれるのを覚悟しながら、タスランは寝床から身を起こし、近づいてくる者を待つことにした。

やがて、天幕の垂れ幕がふわりと持ちあげられ、小柄な少女が入ってきた。

タスランは息をのんだ。

アイシャではなかった。まったく見知らぬ相手だ。月光のような白い肌と髪、どんな宝石すらものみこんでしまうような鮮やかな緑の瞳が印象的な、砂糖菓子のように繊細《せんさい》で可憐な美少女だ。

そして、ただならぬ気配をまとっている。本人はそれを抑えているつもりのようだが、太陽を小箱に閉じこめているようなものだ。強い光を思わせる力が、きらきらとこぼれ落ちている。それがなんとも美しく、心が震えた。

これほどまでの胸の高鳴りを自分が覚えることに首をかしげつつ、タスランはふと思いだした。ずっと前に、一度だけまみえたことがある魔族の王も、この少女と同じような気配を発していた。だが、あの時は圧倒されるばかりで、このような嬉しさは感じなかった。

そう。なぜかはわからないが、自分は喜んでいる。この少女に会えたことが嬉しくてたまらない。

この魂をゆさぶるような気持ちはどこから来るのだと思ったところで、ようやく相手の正体がわかった気がした。

「あなたは……白の君であらせられるか？」

そっとささやきかけたところ、少女はにこりと微笑《ほほえ》んだ。顔立ちはあどけないのに、途方もない年月を感じさせる笑顔だった。

「やはりあなたにはわかってしまいましたか。きっとスファーンの血が、そうさせるのでしょうね」

「スファーン……？」

「私の眷属であり、あなたの先祖です。かすかとはいえ、彼の気配をこうしてあなたから感じられるのは嬉しいことですよ」

白の王の言葉に、タスランは不思議な心地がした。自分の遠い先祖に魔族がいることは知っていたが、その名を知るのは初めてだ。

決して忘れまいと心に決めながら、タスランは白の王に頭を下げた。先祖のかけがえのない主君であった相手に、礼を尽くしたのだ。

そうして改めて尋ねた。

「白の君は不動の魔王と聞いております。外を出歩けないからこそ、アイシャの胸にある緑《みどり》の琥《こ》珀《はく》を通して、様々なものを見聞きしているとも。……そのあなた様が、なぜここに？」

「アイシャの嘆きを感じたからですよ、タスラン」

魂に直接響いてくるような声音に、わずかに非難が混じった。

たったそれだけで、タスランは体が硬直した。自分のアイシャに対するふるまいは、ともあろうに魔王すらも呼びよせてしまったというのか。

冷や汗がにじみでてくる中、タスランは気づけば怒《ど》濤《とう》のように言い訳していた。

「俺はあの子にふさわしくありません。ずっと年上だし、このとおり顔は怖いし。ナルマーンではお尋ね者ですらある。こんな男と一緒になったところで、到底幸せにはなれないでしょう。だからこそ、俺は心を鬼にして、あの子を突き放しているのです！」

「でも、一度も嫌いだとは言っていないそうですね。どうしてです？」

「それは……さすがにその嘘はつけません。ついても、すぐに嘘だとわかってしまうでしょうから」

顔を背けるタスランに、白の王はたしなめるような口調で話しかけてきた。

「どうしてそんなにも自分のことを卑下するのですか？　あなたはタスランではありませんか。

赤いサソリ団の猛者《もさ》達を束ねる首領であり、弱き者には手を差しのべる優しさと勇気の持ち主。アイシャが惚《ほ》れこむのも当然の殿方だというのに。顔立ちは……まあ、確かに美男とは言えないかもしれませんが」

「……やはり、魔族の目から見ても不細工ですか？」

「ごめんなさい。軽率に言いすぎました。正直、人の顔立ちのことはよくわからないのです。私は常に魂の輝きで相手のことを見るのですから」

だからこそ、わかることもあると、白の王の深いまなざしがタスランに注がれてきた。

タスランは自分の心の鎧《よろい》がみるみる剝がされていくのを感じた。それは抗《あらが》いようのないことだった。

「白の君……どうか、もう……」

「タスラン、どんな言葉を重ねても、あなたの心は隠せません。少なくとも、この私にははっきり見えてしまうのだから。……あなたはとてもアイシャを愛している。こうして向き合って、よくわかりました。……ねえ、タスラン。あの子がもし、他の誰かを好きになり、その人と一緒になったら？　あなたはそれに耐えられますか？」

「……さすがに二人の姿を見るのはつらいので、その時は俺が去ろうと思っています」

「それほど愛しているのに、なぜアイシャの手を取ろうとしないのです？」

タスランは観念した。白の王に嘘をついてもしかたない。

「……不安なのです」

ついにタスランは打ち明けた。

「アイシャが俺を好いてくれているのは、俺がずっとあの子の守護者であったからでしょう。俺の強さや頼もしさへの感謝や憧れを、あの子は恋だと勘違いしているだけなのかも……年上の俺はアイシャよりも早く老いてしまう。弱い老人になっていく俺を見た時、アイシャの気持ちも冷めるでしょう。そうなったら……耐えられない」

だったら、最初から手に入れないほうがいい。あくまでも兄として、アイシャを見守るほうがずっとましだ。

「なんと臆病なのだと、お笑いになりますか?」

「まさか。その臆病さもまた、あなたの心の一部。打ち明けてくれて礼を言います。ただ……先にわびておきましょう、タスラン。じつは、私達は悪だくみをしたのです」

「私達?」

「ええ。どうしてもあなたの本音を聞きだしたかったから。聞けてよかった」

タスランはぞくりとした。白の王はあいかわらず穏やかに微笑んでいる。だが、その微笑みは、なぜか「してやったり!」と言わんばかりに見えるのだ。

じわりと、それまでとは違う汗がしみだすのを感じながら、タスランは懇願《こんがん》した。

「白の君、お願いですから、アイシャにこのことは言わないでください」

「言うつもりはありません。その必要はありませんから」

「え?」

「残念ながら、タスラン、あなたの本音はアイシャにだだ漏れですよ。だって、アイシャはここにずっといるのですから」

白の王のかわいらしい姿が、ふわりと揺れた。白い髪がみるみる黒く、肌も褐色に染まっていく。

そうして、アイシャがタスランの前に立っていた。目を熱くきらめかせ、勝ち誇った笑みを浮かべて。

「アイシャ!　し、白の君!」

だまされた!　謀《はか》られた!

だが、焦ってももう遅かった。

「タスラン!　嬉しい!」

アイシャがタスランに飛びついてきた。首にかじりつかれ、タスランはうめき声をあげた。

もう逃げられない。

そうわかったからだ。

アイシャがタスランに飛びついていくところで、白の王は意識を目から離し、玉座に座る体へと戻った。いつまでも見ていたいところだが、ここから先は二人だけの時間。それをのぞき見るなど、それこそ野暮というものだ。

「お幸せに」

白の王の寿《ことほ》ぎの言葉は、しんしんと大広間に広がっていった。


時はナルマーン暦四百四十二年。赤いサソリ団首領タスランとアイシャは結婚した。

だが、この結婚が歴史書に刻まれることはなかった。

同年、サルジーン将軍が謀反を起こし、ナルマーンの王となったからだ。

ゆえに、この四百四十二年は、血禍の乱または凶《きょう》王誕生の年とのみ、人の世では知られている。

4

赤の贈り物

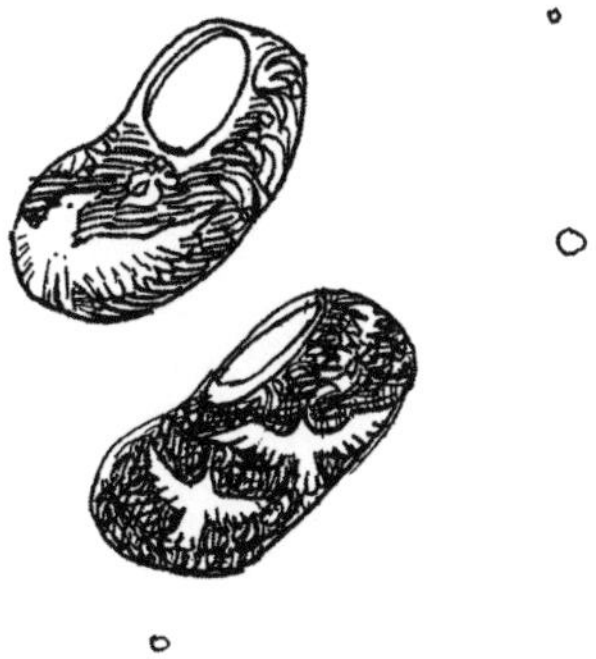

シャスーン。
あまたの工房が軒連ね、百の鍛冶場《かじば》が競う匠《たくみ》の都。
火を操る者達はここに集い、鉄を従え、金と銀を歌わせる。
火花と賑わいは比類なく、鎚《つち》振るう音は鐘のごとし。
小さな町にすぎなかったこの場所を、
都にまで築きあげしは、大キャラバンの頭領なり。
彼が掲げし紋章は、そのまま都のものとなる。
そら、燃える赤獅子《あかじし》の旗を見よ。
あれぞ、シャスーンの御旗なり!

青の王に御子が生まれた。

その知らせは、またたくまに全魔族のもとに届いた。

当然、赤の王アバルジャンにもだ。

喜ばしいと、赤の王は顔をほころばせた。

死と再生を繰《く》りかえす赤の王は、子を持ったことがなかった。血をつなげていく必要がないからだ。赤の王は常に存在し、常にアバルジャンその人であるのだから。

だからこそ、子供の誕生は不思議で尊いものに思えた。

「青の君に贈り物をしなくてはいけないな。新たな家族が増えたことを祝ってやらねば」

さて、何にしよう？　やはり、親である青の王が手に入れられないような、珍しいものがいい。

だが、そんなものがはたしてあるだろうか？

いくら考えても思いあたらなかった。

頭をひねり続ける赤の王を見かねたのか、側近のスジャルタンが声をかけてきた。

「我が君。贈り物はやはり自分の目で探し、これぞというものを見つけるのが一番でございますよ」

「それはわかっている、スジャルタン。だが、そうは言っても、世界は広い。どこを探すべきだろうな？」

「……我が君。いっそ、人のもとを探してみるのはいかがでしょう?」

「予に人間の国や都に行ってみろと? 人嫌いなスジャルタンが、ずいぶんおもしろいことを言うな。今日は天から星が落ちてくるのではないか?」

思わずからかう赤の王に、豹《ひょう》と人をかけあわせたかのような美しい魔族は顔をしかめながら言い返した。

「確かに私は人が嫌いでございます。彼らの強欲さ、残酷さは目に余るものがございますから。とはいえ、人が生みだす細工物は決して馬鹿にはできませぬ。むしろ、人でなければ作れぬ品もございます。そういうものを見つけて、贈り物にしてはいかがでしょう? さすがの青の君も、人の世界には疎《うと》くいらっしゃるでしょうし」

よい案だと、赤の王はうなずいた。

「気に入った。それでいこう。では、さっそく人が集まっている場所に行ってみるとしよう」

「あ、お待ちを! いきなり国や都に入るのは、さすがにどうかと」

「予が傷つけられるとでも?」

「まさか。ですが、人間は自分達と違うものを恐れます。そして、恐れに囚《とら》われた人間は、それはそれは残酷で凶暴な獣になるものです。その醜い姿を見る必要はありませぬ。まずは小さな人の営みに近づき、彼らのことを知ってくださいませ。彼らの中に上手にまぎれこむようにするのがよろしいかと」

「なるほど。人間になりきれと言うのだな？　それはやったことがない。なんだかおもしろいな」

好奇心をくすぐられ、赤の王は紅玉《ルビー》のような目を輝かせた。新しいもの、知らないことは、なんであれ赤の王の好物なのだ。踊る炎のように、いつも変化を求めてしまう性《さが》なのだ。

それをよく知っているからこそ、スジャルタンは忠告を続けた。

「まずはそのお姿を変えてくださいませ。大変もったいないことではございますが、火炎を思わせる髪も、紅玉のごとき瞳も、人の中ではあまりに目立ってしまいます」

「では何色がよいだろう？」

「黒か茶色をお勧めいたします。あと、肌も暗めの褐色になさったほうがよいかと」

「わかった。顔も変えたほうがよいのだろうな？」

「もちろんでございます」

これほど美しく、しかも獅子のような力強さを併せ持つ風貌では、千人の人間の中にまぎれこんでも、すぐに見つけられてしまう。

きっぱりと言い切るスジャルタンに、赤の王は苦笑した。自分の顔を美しいと思ったことはないが、スジャルタンがそう言うのであればそうなのだろう。軽く肩を回してから、赤の王は姿を

変えにかかった。

黒い髪。黒い目。黒ずんだ褐色の肌。

思い浮かべて願えば、それはまたたくまに実現していく。今の気持ちに合わせて、体のほうも変化させた。

そうして、威風堂々たる若者は、小柄な少年へと姿を変えた。小太りで、陽気そうな顔立ちで、好奇心ではじけそうな目をしている。

着ているものも、金と朱色《しゅいろ》の豪華な装束から、動きやすい質素な服にした。粗《あら》く織られたたっぷりしたズボンに袖なしの上着、サンダル、それに大きな荷袋。いつぞや遠目に見かけた人間が、こういう格好をしていたのを思いだしたからだ。

いたずらっぽく笑いながら、赤の王はスジャルタンを見た。

「どうだ、スジャルタン？　予は人間らしく見えるか？」

「そうでございますねえ……」

スジャルタンはじっくりと主をながめた。一見すると、ごくごく平凡だが、やはり王特有の魅力は完全には隠せていない。他者の目を自然と吸いよせてしまうのだ。だが、人間の目をごまかすには十分だろう。

「まあ、これであれば大丈夫かと」

「よし。他に気をつけることは？」

「言葉遣いでございますね。人間の普通の子は、予とは言わぬもの。ぼく、と言うのがふさわしいかと」

「ぼく……。初めて使う言葉だな」

「それから、魔力はできるだけ使わぬように。どうしても使わねばならない時は、決して人目につかぬようにお使いください」

「わかった。気をつける」

「それから、黒の都には決して近づかないでくださいませ。他ならぬあなた様であれば、どのような魔法使いも手出しはできますまい。けれども、あそこにはどんなものが巣くっているか、わかりません。それに……」

「わかったわかった。とにかく色々気をつける。それでいいだろう？　ぼくを信じて、留守を頼む。行ってくるよ」

このままだと、忠告が百を超えてしまいそうだと、赤の王は急いで話を切りあげ、宮殿を飛びだした。稲妻《いなずま》のような速さで大砂漠の上空に移ったあと、そこから下界を見渡した。

どこまでも続くような金色の砂の海。そこに点々と浮かぶ、浮島のような国々や都。目をこらせば、集落や村も無数にあるとわかる。だが、それらはまだ自分には早い。今出会いたいのは、もっと小規模な人間の集まりだ。

幸いにして、求めるものはすぐに見つかった。

小さなキャラバンが、これまた小さなオアシスで休んでいた。連れているラクダは四頭。人間は三人。うち一人は子供だから、家族なのかもしれない。

うってつけだと、赤の王はそのオアシス近くに飛びおり、キャラバンへと近づいていった。

近づく赤の王に、人間達は目ざとく気づいた。今の赤の王と同じくらいの年頃の少年が、いち早く駆けよってきて、「天地の恵みと、砂の加護がありますように」と、声をかけてきた。

一瞬戸惑ったものの、赤の王はすぐに察した。これは挨拶なのだ。だから、同じ言葉をそのまま返した。

「天地の恵みと、砂の加護がありますように」

「うん。俺はタユーン。君は？　一人？　仲間はいないの？　どこに行くつもり？　親戚とかを訪ねに行くのかい？　それとも商売のため？」

なんとも矢継ぎ早の質問に、赤の王はどれから答えたらいいかわからなくなった。こんなふうに話しかけられたのも生まれて初めてだ。

と、他の二人もそばに寄ってきた。どちらも三十代くらいの大人だった。日に焼けた顔に黒々としたひげをたくわえ、人の良さそうな温かな目をしている。そこが赤の王は気に入った。この人間達は好ましいと感じたのだ。

だから、今度は自分から覚えたての挨拶を口にした。

「天地の恵みと、砂の加護がありますように」

「天地の恵みと、砂の加護がありますように。君、一人かい？」

「はい」

「うーん。そうか。……たった一人で大砂漠を旅するには、少し若すぎると思うが……行き先は？」

「人の多いところに行きたいんです。手に入れたいものがあって」

「つまり市場のようなところに行けたらいいのかな？　だったら、私達と同じだ。私達は行商人でね、ガラス細工を扱っている。七日後、ベルヒムという小さな町で開かれる市場に向かっているところなんだ。もしよければ、一緒に来ないかい？」

「そうだよ。そうしなよ。そのほうが絶対安全だし、楽しいからさ」

タユーンもすぐさま勧めてきた。

願ってもない申し出に、赤の王は大喜びでうなずいた。

「よろしくお願いします！」

「うん。私はイシャーク。こっちの無口なのは弟のメシャンだ。で、このタユーンは私達の従弟《いとこ》にあたる。君の名はなんだね？」

ふたたび赤の王は焦った。名前など考えていなかったからだ。

とっさに、本来の名前を縮めたものを使うことにした。

「アバル。ぼくはアバルです」

「そうか。よろしくな、アバル。タユーンとは歳も近そうだし、仲良くしてやってくれ。タユーンもだぞ」

「わかってるよ。ほら、アバル。ラクダに塩をやるのを手伝ってくれよ」

人懐こい笑みを浮かべて、タユーンは赤の王の手を取って、ラクダのほうへと連れて行った。

その間もしゃべりっぱなしだった。

「ほんと、アバルが来てくれて嬉しいよ。イシャーク兄さんは真面目だし、メシャン兄さんはほとんどしゃべらないから、退屈してたんだ。俺達の村はけっこう遠くにあるんだ。父さんはもういないけど、母さんがガラス細工職人としてがんばってる。すごくきれいなものをこしらえるんだ。あとで見せてやるよ。あ、ラクダは右から順に、キュス、マイカ、エルマ、ムスファだよ。とりあえずムスファの顔と名前はしっかり覚えておいてくれ。すごく気位が高くて、名前を間違えて呼ぶと、つばを飛ばしてくるんだ」

「それは困るね」

「ああ。……俺、うるさい？　しゃべりすぎかな？　よくイシャーク兄さんに、少し黙っててくれって言われるんだ。アバルもさ、うるさかったら遠慮なくそう言ってくれよ」

「うるさくなんかない。むしろ、タユーンのおしゃべりはおもしろいよ」

赤の王はにこにこしながら言った。タユーンが話してくれるのは、知らなかったことばかり。好奇心が満たされていく。

「ぼくはあまり外に出たことがなくて、色々知らないことが多いんだ。だから、君が話してくれれば勉強になる。変なことを聞くこともあるかもしれないけど、気にせずに教えてくれると助かるな」

「もちろん教えるのはかまわないけど、アバルは外に出たことが少ないのか？　それなのに、よく一人で大砂漠を旅しようと思ったなあ」

「う、うん。まあ、そうしたほうがいいと思いついたから」

「思いついたって……。手に入れたいものがあるって言ってたけど、何がほしいんだい？」

「友の……いや、親戚のおじさんに子供が生まれたんだ。そのお祝いに、何かあげたいと思って」

「ああ、なるほど。贈り物か。そりゃいいものを手に入れたいって思うよな。だけど、それにしても命知らずもいいところだよ。一人きりじゃまず死んでたね。俺達に出会えて、アバルは運がよかったよ」

「うん。ぼくもそう思うよ」

赤の王はうなずいた。


そうして、キャラバンとの旅が始まった。

繊細《せんさい》なガラス細工を運んでいるため、イシャーク達はゆっくりとラクダを進ませた。移動するのは夜で、昼間は天幕を張って休む。

ゆるやかな旅を、赤の王はおおいに楽しんでいた。

降るような星空の下、冷たい砂を踏みしめ、夜風の歌に耳を傾けるのは心地よかった。

休憩の時にもらえる堅焼きパンの素朴な風味も、体を温めるための香辛料入りの甘い飲み物も気に入った。

博識なイシャークは星の読み方を教えてくれた。

無口なメシャンはリュラという竪琴《たてごと》の名手で、焚き火を囲む時にはたいてい奏でてくれた。その音色に合わせ、赤の王とタユーンは手拍子を打ち、笑いながら踊るのだ。

中でも好きだったのは、タユーンとのおしゃべりだ。タユーンにしてみれば、ただのおしゃべりだったろう。だが、赤の王にとっては千の書物を読むよりも学ぶことが多かった。

そうして四日も経てば、赤の王は人間アバルになりきっていた。もはや、どんな相手にも自分の正体が知れることはあるまいと、赤の王は自信満々だった。

だが、それは少々うぬぼれだったようだ。

キャラバンに加わって五日目の昼頃、寝ていた赤の王をイシャークがゆすぶってきた。

「ん？　イシャークさん？」

「しっ！　話がある。ついてきてくれ」

イシャークの声は穏やかだったが、有無を言わせぬものがあった。そこで、隣で寝ているタユーンを起こさないようにしながら、赤の王はイシャークについて天幕を出た。

どっと、すさまじい暑さが襲いかかってきた。日中の大砂漠は、さながら火にかけられた鍋の中のようだ。おまけにぎらぎらと砂の一粒一粒が太陽の光を放ち、こちらの目を貫いてくる。

まぶしさと暑さに閉口しながら、赤の王はイシャークを見た。

「どうかしたんですか？」

「うん。そろそろ君の本当の目的を打ち明けてほしいと思ってね」

「本当の？　なんのことです？」

「とぼけなくていい。というより、無駄なことだよ。……君は人ではないのだろう？　少なくともその見た目どおりの人間じゃない。違うかね？」

赤の王は目を丸くした。言葉に詰まるのは、これが生まれて初めてだった。

そんな赤の王を、イシャークは静かだが緊迫感のあるまなざしで見ていた。

「メシャンはあのとおり、言葉はあまり発さないが、勘は非常に鋭くてね。リュラの音色に自分の感情を交えて、私に伝えてくるんだ。君のことをいち早く気づいたのもメシャンだ。それに、私も薄々変だとは思っていたんだ。君が加わってからというもの、大砂漠の凶悪な獣どもがまったく近づいてこなくなったからね。長いこと大砂漠を行き来しているが、こんなことはついぞなかった」

しくじったと、赤の王は思った。

宮殿を出るたびに、赤の眷属《けんぞく》達は次々と王の下に馳せ参じてくる。

王の姿を一目見たい。挨拶をしたい。

喜びと期待に目を輝かせてやってくる彼らを、赤の王も愛しく思っていた。

だが、今回はそれをされては困る。

これはお忍びの旅。頼むから近づいてくれるな。

キャラバンに加わってからは、赤の王は目に見えぬ願いを魔力にこめ、大気に放っていた。おかげで眷属達は近づいてこなかった。だが、それが大砂漠の獣達まで遠ざけていたとは。

人間のことも見くびりすぎていたようだと、赤の王はイシャーク達を見直した。だから、敬意を表して、下手なごまかしはしないことにした。

「そのとおりだ。予はそなた達の言う普通の人間ではない。だが、敵意は持っていない。いかなる悪意もだ。それは我が魂にかけて誓おう」

「……ありがたい誓いだ。信じて受け入れるよ。では、もう一つ聞かせてほしい。君は……人ならざるものである君は、いったい、どういうつもりでこのキャラバンに近づいた？　いったい、何が目的なんだ？」

「目的は最初から一つだ。友人の子供への贈り物を手に入れたい。そのために市場に行きたかった。だが、予はあまりに物知らずだから、人のことを知る必要があった。そなた達に近づいたのはそのためだ。実際、色々と学ばせてもらっている。特にタユーンから得るものは多い」

タユーンのことを思い浮かべるだけで、赤の王の顔は自然とほころんだ。だがすぐに真顔に戻り、イシャークのほうを見返した。

「予も聞こう。予が人ではないと知った今、そなたはどうしたい、イシャーク？」

「……贈り物を手に入れたら？　そのあとはどうするつもりなんだい？」

「もちろん、キャラバンから去る。贈り物を届けなければならないし、なにより予はいつまでもここにはいられないからな」

そうかと、イシャークは大きく息をついた。

「それが聞きたかったんだ。それなら、このまま市場まで共に行こう」

「……？」

「ああ、なぜ正体のことを聞いてきたのか、理解できないという顔をしているね。君のおかげで、旅がとても順調だ。だが……ずっと一緒にというのは困ると思ってね。人ではないものがそばにいるというのは、やはり怖いのだよ」

「怖い、か……。しかたのないことだな」

心配せずともいいと、赤の王はきっぱりと告げた。

「予は必ず去る。ほしい物を手に入れた時が、別れの時だ」

「そうか。タユーンは寂しがるだろうが、それがいい。……一つ約束してくれないか？」

「ふるまいのことなら大丈夫だ。これまでどおり、普通に子供になりきってみせる」

「いや、そうじゃないんだ」

イシャークは声をひそめた。

「タユーンのことだ。あの子には君の正体を決して明かさないほしい。少年アバルとして、友達として、タユーンとはごく自然に別れてほしいんだ。そうでないと、あの子はきっと傷ついてしまうから」

「約束しよう。必ずそうする」

元気のいい、心根のまっすぐなタユーン。友と呼べる相手だ。
決して傷つけないと、赤の王はイシャークと自分自身に誓った。

それから数日間、赤の王は何食わぬ顔で過ごした。これまでどおりラクダの世話を手伝い、焚き火を囲み、タユーンのおしゃべりに耳を傾け、リュラの音色に合わせて踊った。

イシャークとメシャンも何気なさを取り繕ってはいたが、やはり赤の王を避ける感じはあった。会話は少なく、ほとんど目も合わせない。彼らからこぼれでる恐れの気配は、赤の王の心にかすかな引っかき傷を残した。

だが、幸いにしてタユーンはその微妙な空気にはいっさい気づかなかった。彼の心は、近づいているベルヒムの町のことでいっぱいだったのだ。

町に着いたら、どんなことをするか。これまで貯めた小遣いで何を買うか。しゃべりっぱなしのタユーンに、赤の王も次第にベルヒムへの期待感が高まってきた。だから、実際に町に到着した時は、正直拍子抜けしてしまった。

いったいどれほどすばらしい場所かと思いきや、砂色の建物が立ち並ぶわびしい小さな町ではないか。町を囲む外壁すらなく、これでは砂嵐のたびに大変な被害が出てしまうに違いない。

だが、さすがに市場は活気があった。聞けば、三ヶ月に一度の大市には、近隣の商人達がこぞって商売をしに来るのだという。様々な道具や飾り物などが広げられ、値段の駆け引きが早口で行われている様子は、見ているだけでおもしろかった。屋台もそこそこ出ていて、羊肉の揚げだんごや香辛料入りの腸詰め、焼き菓子などのいい香りが鼻をくすぐってくる。

「おもしろい。とてもおもしろい」

つぶやきながら、赤の王はタユーンを手伝い、ラクダの背から荷を降ろしていった。イシャークとメシャンはいなかった。この市場の顔役に商売をさせてもらう挨拶に行ったのだ。

彼らが戻ってきたら、いよいよタユーンともお別れだ。

そう思うと、胸がちりりとざわついた。

と、タユーンがこちらをのぞきこんできた。

「そう言えばさ、赤ん坊への贈り物を何にするか、もう決めたのかい？」

「ううん。どんなものがあるかもわからないから、全然だよ。これからゆっくり歩き回って、品物を見ていくつもりさ」

「そうか。俺、ちょっと考えたんだけど……靴にしたらどうかな？」

「靴？」

そうだと、タユーンはうなずいた。

「靴作りの名人がいるんだ。ザーラって名前のおばさんさ。たぶん、今日もこの市場に来ているはずだよ。そのおばさん、特に、子供の祝い靴が得意でさ」

「祝い靴？」

「知らない？　歩くようになった子供に、最初に履《は》かせる靴のことだよ。子供が生まれた時に贈るんだ。まじないさ。この靴を履けるように、赤ん坊が元気に育ってほしいってね。……小さな子供は弱いからね」

　タユーンの陽気な顔が初めて曇った。

「どうしたんだい、タユーン？」

「うん……。俺の妹も、赤ん坊の時に死んじゃったんだ。俺も悲しかったけど、特に母さんがひどくてね。祝い靴を買ってあげていればよかった、そうすれば健康に育ったかもしれないのにって、今でも後悔しててさ。……あ、ごめん。辛気臭い話はよそう。とにかく、俺は祝い靴を薦めるよ。びっしりと、すごくきれいな刺繡《ししゅう》がさしてあるものだから、喜ばれると思うよ」

「じゃあ、それも探してみる。気に入ったら、買うよ」

「ああ。俺は兄さん達が戻るまでここを離れられないし、その後も手伝わなきゃいけないから、一緒には行けないけど。そのかわり、夕方になったらまた会わないか？　夜の屋台で食べ歩きでもしよう。俺、今日がんばれば、兄さん達から小遣いをもらえるはずなんだ。好きな物、おごってやるよ」

タユーンの申し出に、赤の王は少し迷った。正直、まだ別れがたい気持ちだった。タユーンとは自然に別れると、イシャークと約束したが、もう半日延ばしてもかまわないはずだ。

「うん。じゃ、夕方にここでまた会おう」

「よし！　じゃ、そういうことで。またあとでな、アバル」

「うん。タユーンもがんばって」

「おうよ！」

笑顔のタユーンに手を振ってから、赤の王は市場の中をぶらぶらと歩き始めた。見るものはたくさんあって、楽しかった。

ランプ。銀細工の装飾品。石の香炉。獅子の牙をはめこんだ兜《かぶと》。色とりどりの織物。

赤の王の魔力を持ってすれば、市場にあるこれらの品々を、いや、それ以上にすばらしいものをいくらでも作りだせるだろう。

だが、人の手によって作られたものには、不思議な味わい深さがあった。たぶん、人間の想いなどが染みこんでいるからだろう。それゆえに目を惹きつけられる。

とはいえ、なかなかこれだというものには出会えなかった。

「やっぱりタユーンのお勧めの祝い靴とやらを探してみるか。……職人の名はザーラだったたか」

赤の王はそばにいた香辛料売りにザーラのことを尋ねてみた。彼女は商人達の間でもそれなりに名を知られているらしく、すぐに店の場所を教えてもらえた。

赤の王は大人達や家畜の間をすりぬけるように進み、市場の端あたりにやってきた。そこには小さな日除けがいくつも組み立てられ、簡単な店になっていた。天幕を用意できない行商人達は、こういう日除けを天幕代わりにしているのだろう。

ザーラの店はすぐにわかった。そこには山のように履き物が吊り下げられていたからだ。大人物から子供物まで。歩きやすそうなサンダルもあれば、しっかりと足全体を包みこむような靴もある。そして、赤の王の手のひらに載るような小さな靴もあった。

一目見たとたん、赤の王は心を奪われた。

小さな靴には、それぞれ見事な刺繡がほどこされていた。たくさんの動物に、色鮮やかな花や蝶。満天の星空を模したものもある。とにかく、手間暇を惜しまずにこしらえてあるのがわかる。なにより、作り手の想いがこもっていた。

子供がすくすくと育ちますように。いつも笑顔でいられますように。

刺繡の一つ一つがそうささやいてくる。願いであり祈りだった。そして、ほのかな悲しみもそこににじんでいた。もしかしたら、この刺繡をほどこした人間は子供を亡くしたことがあるのかもしれない。だからこそ、他の子達の幸せと長寿を願っている。

優しさと温かさに満ちているそれを、赤の王は尊いと思った。

これがいい。これにしよう。

そう決めるのとほぼ同時に、日除けの裏側からひょこひょこっと子供が三人、一気に顔を出した。

「あ、お客さん?」

「靴、ほしいの?」

「母さん！　お客だよ！　子供のお客だよ！」

いっせいにさえずる子供達。

赤の王が目をぱちくりさせていると、通りの奥から女が小走りでやってきた。小太りで、顔は平凡で化粧っ気もなく、少ししわも刻まれ始めている。だが、目も表情も優しくて好もしかった。

にこにこしながら、女は赤の王に話しかけてきた。

「あらまあ、待たせちゃったかしら?　ごめんなさいねえ。この町の旦那に前から頼まれていた履き物を届けに行っていたものだから」

「あなたがザーラさん?」

「そうよ。私のこしらえた履き物を目当てに来たの?　だったら、お目が高いわ。それで、ほしいものはもう見つかった?」

「はい」

赤の王は祝い靴のうちの一足を指差した。水色と青と紫の糸で、かわいらしい小鳥が飛び交う姿が描きだされている。この彩りは、青の王の子にぴったりだ。

「この祝い靴をください」

「ああ、それは私の自信作よ。ただ、ちょっとお値段が張るんだけれど……」

心配そうにこちらをうかがうザーラに、赤の王は懐《ふところ》から金貨をひとつかみ取りだして差しだした。高価な品は、こうした金貨で取り引きされるものらしい。この市場を見て回っていて学んだことだ。だから、魔力で生みだした。値段とやらはよくわからないが、きっとこれで売ってもらえるだろう。

自信満々の赤の王だったが、すぐに慌てる羽目になった。ザーラも子供達もぎょっとしたような青ざめた顔となり、石のように固まってしまったのだ。差しだされた金貨を見つめたまま、受けとろうともしない。

どうやらこれでは足りなかったようだと、赤の王は急いでもう一度、懐に手を入れた。今度は大粒の真珠《しんじゅ》や紅玉、青玉《サファイア》といった様々な宝石を作りだして、ザーラに差しだした。こういうものを人間は喜ぶと、そのくらいの知識はあった。

「これでも足りないなら、もっと出します。どうですか？」

「い、いえ、もう！　それでいいです！　十分です！」

しわがれた声で叫ぶなり、ザーラが飛びついてきた。赤の王の手から宝石を奪うように取り、大急ぎで袖の中に隠したあと、ザーラはまじまじと赤の王を見つめてきた。

「あなたは……どこかの王子様なんですか?」

「まあ、そんなところです。祝い靴、もらっていってもいいですか?」

「どうぞどうぞ……。あの、ありがとうございます」

「いや、ぼくこそありがとう。すてきなものが手に入って、嬉しいです」

本心からそう言って、赤の王は祝い靴を腰の袋に入れて、ザーラの店に背を向けた。そうして、またぶらぶらと市場を歩き始めたのだ。

気持ちはおおいにはずんでいた。自分一人で買い物ができたことも得意だったし、なによりこの祝い靴が手に入ったことが嬉しい。タユーンにもお礼を言わなければ。早く夕方になってくれないものか。

そう思っていた矢先のことだ。人混みの向こうにそのタユーンの顔を見つけた。

「タユーン?」

「おーい!　アバル!」

驚く赤の王に、タユーンが笑顔で駆けよってきた。腕には屋台で買ったらしきパンと串焼きと果物を抱えていた。

「もしかして、もう仕事は終わったのかい？」

「うん。品物が飛ぶように売れたんだ。おかげで俺もお役御免ってことになってさ。あとは夜まで好きにしていいって、兄さん達から小遣いももらえてね。ほら、うまそうなのを見繕ってきたから、一緒に食べよう。と言っても、ここじゃ邪魔になるし、そっちの路地に入ろう」

「そうだね」

二人は往来を外れ、細い路地に入った。路地は薄暗く、人気《ひとけ》がなかった。だが、嫌な臭いはしなかったし、都合よく空の樽などもたくさんあった。

樽の上にごちそうを並べ、二人はさっそく食べ始めた。

「うまい！　この串焼き、いけるな！」

「このパンも甘くておいしい。こんなのは食べたことがないよ」

「ああ、それは蜂蜜《はちみつ》を生地に練りこんであるんだ。ゼゼ村っていうところの名物さ。そこは養蜂《ようほう》が盛んだから、蜂蜜を使った料理が多いんだよ」

「へえ、タユーンは色々知ってるね」

「当たり前さ。今に大キャラバンの頭領になって、大砂漠中を商売して回るつもりなんだ。俺がキャラバンを作ったら、どんな小さな村や町にも品物が届くようにしてやるんだ」

「いい夢だね」

「ああ。絶対に叶えてみせる。でも、それで終わりじゃない。本当に俺が作りたいのは、都なんだ」

「都?」

「そうさ」

目をきらきらさせて、タユーンはうなずいた。

「職人達をいっぱい集めて、職人の都を作るんだ。そこに行けば、どんな品物も手に入る。そういう場所をいつか作ってみたいんだ。……母さんもイシャーク兄さん達も、途方もない夢だって、笑うけど」

「ぼくは笑わないよ」

赤の王は真顔で言った。

「夢を持つのはすばらしいことだ。大きな夢をつかむため、君は努力して、自分を磨いていくことになるだろうから。君はきっとすばらしい大人になるよ、タユーン。そして、きっと夢を叶えられるよ」

「……そう言われたのは初めてだ。け、けっこうこそばゆいな。……でも、ありがと」

小さくもごもご口を動かしたあと、タユーンは照れくささを隠すような早口で言った。

「そう言えば、そっちの首尾はどうだった? いい物は見つかった?」

「うん。ザーラさんの祝い靴にしたよ。タユーンのお勧めどおり、すごくよかったから。ほら、これだよ」

赤の王が取りだしてみせた祝い靴に、タユーンは目を瞠《みは》った。

「こりゃまた……すごくいいものだね。こんな高そうなの、よく買えたなあ」

「うん。これで売ってもらったんだ」

タユーンに見せるために、赤の王はすばやく宝石を作りだして、ざらざらと樽の上に広げた。

「ザーラさんがそれでいいって言ってくれて、本当にほっとしたよ。……タユーン？」

赤の王は驚いた。ザーラ達が見せたのとそっくりな表情を、タユーンが浮かべていたからだ。

驚きと衝撃、そして憧れ。

輝く宝石から目が離せない様子のタユーンに、赤の王は気を利かせて言った。

「ほしければ、タユーンにもあげる。いっぱいあるから」

「いらないよ！　いや、ほしいけど！　いや、そうじゃなくて……早く！　とにかく隠すんだよ！　他の人に見られたら、まずい！」

「えっ？」

わけがわからない赤の王の前で、タユーンはものすごい速さで宝石をかき集め、赤の王の腰袋に押しこんだ。そのあとで、ひび割れた声でささやいてきた。

「アバル、まさかこの宝石を人前でどさどさ出したりしなかったろうな?」

赤の王はきょとんとした。

「いけなかったかい?」

「……アバル。ほんとにまずいぞ、それ」

青ざめたタユーンは周りをきょろきょろと見始めた。

「どうしたんだい? 何を警戒しているんだい?」

「警戒するさ。当たり前だろ」

「当たり前?」

「ああ、アバル……」

泣きそうな顔になりながら、タユーンは赤の王を見つめてきた。

「言っとけばよかったよ。市場には色々な人間が集まるんだ。ほとんどはまっとうに商売をしたい人達だけど、中には悪党もいる。そいつらはさりげなく通りのあちこちに立っていて、金目《かねめ》のものを持っていそうな獲物を品定めしてるんだ。馬とか銀細工とかを扱う商人達が、みんな用心棒を雇っているのを見ただろ? あれは大きな取り引きをしたあと、その売り上げを悪党に狙われないようにするためなんだよ」

「知らなかったよ。わかった。ぼくも面倒事はいやだし、もう二度と宝石や金貨を不用心に見せたりはしな……」

「アバル？」

「タユーン。君は正しかったよ」

「え？」

「……ぼくに悪意を向けてくるやつがいる。人が多かったし、浮かれていたから気づかなかったけど」

赤の王は静かに言いながら、後ろを振り向いた。

路地の入り口をふさぐようにして、大きな男が立っていた。身なりはごく普通だが、腰には大きめの刃物を差しこんでいる。目はぎらつき、荒《すさ》んだ気配と浅ましい欲望を隠そうともしていない。それに、体に染みこんでいる血の臭いも強い。

この男は恐らく、人間を何人も殺《あや》めている。

赤の王がそう見極めるのとほぼ同時に、さらに数人の若い男達が路地に入ってきた。彼らもまた同類の気配がした。

何一つ手加減してやる価値はないなと、赤の王は冷静に思った。

見逃してやってもいいが、こうした人間どもはすぐにまた別の悪事を働くだろう。誰かの血が流され、誰かが悲しみと苦しみの涙を流すことになる。赤の王にとって、それは不快極まりないことだった。

だが、まずはタユーンを落ち着かせてやらなければと、赤の王はがたがた震えているタユーンに話しかけた。

「大丈夫だよ、タユーン。あいつらなんて、全然たいしたことない。君には指一本触れさせないから、安心して」

「で、で、でも、宝石を渡し、渡しても、あ、あいつら、見逃して、くれるかな？」

はははっと、赤の王は明るい笑い声をあげた。

「ア、アバル？」

「宝石なんか渡さない。あいつらにふさわしいのは炎さ」

そう言って、赤の王は笑みを浮かべたまま、男達のほうに向き直った。

怯えた様子のない赤の王に、男達は少し戸惑ったようだ。だが、すぐに下卑《げび》た凶暴な笑みを浮かべ、刃物を抜いて、じわじわとこちらに迫ってきた。

「おい、小僧ども。命が惜しかったら……」

こちらを脅しつけるだみ声は、肌がぞわりとするほど不快だった。だから、最後まで言わせることなく、赤の王は無造作に力を放った。

空中に鮮やかな朱色の炎が現れた。それはまるで蛇のように男達のもとへと走り、そして……。

絨毯《じゅうたん》のように大きく広がり、男達をのみこんで消え失せた。

何もかもが一瞬だった。

もはや炎は見えず、男達の姿もない。そうなることが赤の王の望みだった。悲鳴をあげる隙すら与えず、男達を焼き尽くしたのだ。

本当は存分に痛みを味わわせてやりたいところだったが、今回はとにかくすばやく終わらせたかった。タユーンを怖がらせないために。死体を残さないことにしたのもそのためだ。

さて、あとはどうごまかすか。

あっけにとられた顔をしているタユーンに、赤の王はぎこちなく笑いかけた。

「ごめん、タユーン。秘密にしていたけれど、ぼくは魔法が使えるんだ」

「じゃ、じゃあ、魔法使いってことか?」

「……そう言われるのはすごく不愉快だけど、まあ、そんなものだと思ってくれればいい」

「そ、そうか。じゃあ、今のは、魔法?」

「うん。あいつらを遠くに飛ばした。大砂漠の中にね。きっと太陽にあぶられて、地獄を見る羽目になると思う」

嘘をついたことなどないというのに、さらさらと偽りの言葉が出てくることに、赤の王は自分でも驚いた。人から嫌われたくない時、嘘は生まれてくるものなのだと、初めて学んだ。

一方、赤の王の言葉を聞くうちに、タユーンの顔には血の気が戻ってきた。

「そ、そうか。悪党にはうってつけの罰だ。や、やるじゃないか、アバル。すごいよ」

「……ぼくが怖くないかい、タユーン?」

「そ、そりゃ、びっくりして、まだ心臓が跳ねあがってるよ。でも、アバルは俺を助けてくれたじゃないか。アバルが魔法を使わなかったら、俺達は殺されてたよ。だから、ありがとうとしか言えないって。ほんとにありがとな、アバル」

恐れが混じっているとは言え、タユーンの感謝は本物だった。

自分達はまだ友なのだ。

関係を守ることができたことが、赤の王は心底嬉しかった。

だが、その喜びは、すぐにかき消えることとなった。

「ザーラさんは大丈夫かな?」

タユーンのつぶやきに、赤の王ははっと顔をこわばらせた。

「ザーラさん? どうしてそんなことを言うんだい?」

「いや、だってさ、アバルはザーラさんにたくさん宝石を渡したんだろ? 誰かがそれを見ていたとしたら、ザーラさんも狙われるかもしれない」

あまりにももっともな言葉だった。

なぜすぐに思いつかなかったのかと後悔しながら、赤の王は路地を飛びだした。後ろからタユーンがついてくる足音がした。振り返らずに赤の王は叫んだ。

「タユーンはイシャークさん達のところへ戻れ！　明るい通りを使えば、狙われないはずだ！」

「いやだ！　一緒に行く！」

タユーンの声は決意にあふれていた。

説得をあきらめ、赤の王はひたすら足を動かした。そうしてザーラの店前に戻ったのだ。

店と商品はそのまま残っていたが、ザーラや子供達の姿はなかった。ちょっと留守にしているというのではなく、もぬけの殻という感じだ。

追いついてきたタユーンが、息を整えながら「逃げたんだろう」と言った。

「逃げた？　どうして？」

「ザーラさんだって馬鹿じゃない。宝石を持つ危険さをよく知ってるからさ。だから、子供達と宝石だけ持って逃げたんだ。きっと、もう町を出てる」

「それじゃあの人達は大丈夫ってことかい？」

「どうかな。自分の村に戻れれば安全だろうけど……でも、子供が三人もいる。逃げても……すぐに追いつかれてしまうかも」

ぎりりと、赤の王は奥歯を噛みしめながら、すうっと息を吸いこんだ。

ああ、ザーラ達の匂いがする。喜びと焦り。とても慌ただしい。だが、ああ、なんてことだろう。彼女達のあとを、悪意ある者達が追っていく匂いもするではないか。タユーンの読みはなにもかも当たっていたらしい。

急がなければと、赤の王は匂いを追いだした。タユーンは当たり前のようについてきた。

そうして、二人は町の外に出た。

太陽の光にぎらつく大砂漠が広がっていた。

「ザーラさん達は正気でこの暑さの中に出て行ったのか？」

「町にいるより安全だと思ったんだろうさ。それにたぶん、町を出る前に馬かラクダを手に入れているはずだよ。あと少しで日も暮れる。それまで耐えれば、暑さは一気に引いていくから。あとは夜どおし歩けばいい。俺だったらそうするよ」

「そうか……。タユーン、残念だけど、君の言うとおり、ザーラさん達には追っ手がかかっている」

「えっ！」

「時間がない。だから、ぼくはまた魔法を使わせてもらうけど、びっくりしないでおくれよ」

びくっとしたものの、タユーンはすぐにうなずいた。

「お、おう。こうなったら、なんでも来い！　今はザーラさんを助けるのが先だからな！」

「君のそういうところが好きだよ」

微笑《ほほえ》みながら、赤の王は膝をつき、熱い砂に手を触れた。

ぐぐぐっと、砂が盛りあがりだした。風もないのにうごめき、重なり、膨らみ、見る間に一つの形を作っていく。

三回息をつく頃には、真紅の大獅子が完成していた。燃えるたてがみをなびかせ、早く走らせろと言わんばかりに四肢に力をこめている。

ぱかっと、タユーンは顎を落としそうな様子を見せた。だが、その目に恐怖はなかった。

「赤い獅子……か、かっこいい！」

「これに乗っていく。君は……」

「俺も一緒に行く！　けど、獅子に乗るって……」

「大丈夫だよ」

ひらりと先に獅子にまたがり、赤の王はタユーンに手を差しのべた。そうして、タユーンを獅子の背中に引っ張りあげたあと、前を向いた。

「この獅子は速い。ぼくにしっかりつかまっていて」

「お、おう！」

「よし。行け！」

赤の王が命じたとたん、獅子は放たれた矢のように大砂漠に飛びだした。砂に足を取られることなく、どんどん速度を増していく。

赤の王の腰にしがみつきながら、タユーンはずっとしゃべっていた。高まる不安ゆえに、おしゃべりが止まらない様子だった。

「ひゃあああ！　風になったみたいだ！　すごい！　これならきっと追いつけるぞ！　あ、ザーラさんの子供達は、三人とも養子なんだ。身寄りのない子を拾って、自分の子として育ててるんだよ。立派だろ。昔は自分の子供もいたんだけど、流行病《はやりやまい》で亡くしたそうだよ。うっ！　は、速い！」

「……そうなんだね」

祝い靴に感じた静かな悲しみの理由が、赤の王はわかった気がした。

ますますザーラと子供達を死なせたくないと思った時だ。

遠くに小さな黒い粒が見えた。それはみるみる大きくなっていき、数人の人間が固まっているのだとわかった。

悲鳴が聞こえてきた時には、赤の王の目には全てがはっきり見えた。

馬が数頭いた。一頭は首と尻に矢を受け、倒れている。砂の上に散らばった宝石を、慌ただしく拾い集める男が二人。別の男は三人の子供達を刃物で脅している。

そして、ザーラが組みふせられて叫んでいた。

彼女の上にまたがった男が、短刀を振りあげるのを見た時、赤の王の怒りは頂点に達した。灼熱の炎のようなそれは、大砂漠の一帯を一瞬にして真紅に染めあげ、包みこんだ。

「な、なんだ?」

「おい、何が起きた?」

男達が異変に気づいた時には、すでに彼らは赤の王の手の中だった。

彼らを閉じこめた水晶玉を、赤の王はらんらんと光る目でのぞきこんだ。怒りに我を忘れ、本来の自分の姿に戻っていることすら気づいていなかった。

だからこそ、悪党どもの恐怖はよりすさまじいものとなった。輝かしい紅玉の目と炎の髪を持ち、全てを圧倒する力と美しさを持ち合わせた存在が、激しい怒りを向けて、虫けらのように小さくなった自分達を見下ろしているのだ。声もあげられず、震えるしかなかった。

そんな男達を見ても、赤の王はいっこうに怒りがおさまらなかった。いついかなる場所、時代にも、このような人間はいた。年齢や人種が違っていても、みんな同じ目をしているのが不思議だ。じつに醜悪で汚らわしい。

「……予は自分が気に入ったものを傷つけられるのは嫌いだ。罪は重いぞ」

今回はすぐには殺さない。いったい、どのような責め苦を与えてくれようか。この水晶玉の中で、何度となく死を味わわせてやるのもいい。

残酷な思いつきが次々と頭に浮かんできて、今すぐそれを試してみたくてたまらなくなった。

だが、この時、後ろから叫び声があがった。

「アバル！　ザーラさんが！　血が止まらないみたいだよ！」

タユーンの声だと思った瞬間、赤の王はすっと正気に戻った。

水晶玉を投げ捨て、赤の王は後ろを振り返った。ザーラは倒れたままだった。脇腹からどくどくと血が流れている。すでに一度刺されていたらしい。子供達が取りすがり、必死で手当てをしようとしているが、ザーラの顔色は青ざめていくばかりだ。

自分を失っていたことを恥じながら、赤の王は獅子から降りてザーラのもとに行った。手をかざすだけで、彼女の傷は癒えていった。

だが、傷が癒えたあとも、ザーラは朦朧《もうろう》とし、うわごとをつぶやいていた。

「罰が、ば、罰が当たったんだわ。世間知らずの子供から、とんでもない宝石を巻きあげたんだもの。あの靴に、あ、あんな価値はないのに。こうなったのも自業自得……。ああ、でも、子供達だけはどうか見逃して！　神様、ど、どうかどうか助けて！」

すすり泣くザーラが愛おしくて、赤の王は彼女をそっと腕の中に抱いた。

「そんなことはない。そなたが作った靴にはそれだけの価値がある。魔王すらも魅了するものだ。

そなたは胸を張って、対価を受けとるべきだ」

そう言って、赤の王は最初に渡したものよりもずっと大粒の宝石をざらざらと彼女の胸の上に降りそそいだ。

「大丈夫だ。今度は受けとっても、誰にも狙われない。……砂嵐に阻《はば》まれ、そなた達はベルヒムの町にはたどりつけなかったのだ。荷も全て失ったが、思わぬ幸運に恵まれた。誰かが隠した財宝を、砂の中から見つけたのだ。たぶん、これは盗賊が隠したものだろう。たくさん持ち去れば、盗賊達に気づかれて追われることになるかもしれない。だから、用心深いそなたは、ひとすくいだけ宝石を持っていくことにする。それが、この宝石なのだ。そなた達は来た道を引き返し、今日の夕暮れに自分達の村に着く。……これがそなた達の物語。そなた達の新たな記憶だ」

まるでお伽話《とぎばなし》をするようにささやいたあと、赤の王はふっと力を抜いた。

その瞬間、ザーラと子供達の姿は消えた。ザーラ達の村近くに、赤の王が送ったのだ。彼らはすぐに我に返り、与えられた記憶を真実と思いこんで、村に帰っていくことだろう。手に入れた宝石を懐《ふところ》に入れ、しっかり手をつなぎあって。

あの親子はもう心配いらない。

「あとは……」

赤の王は振り返った。タユーンがこちらを見ていた。

動揺、驚き、感嘆、そして悲しみ……。

様々な想いが入り混じった複雑な目をしながら、タユーンはささやいてきた。

「アバルなんだな。それが……本当の姿なんだろ？」

もうどんなごまかしも効かない。観念し、赤の王はうなずいた。

「そうだ。予は赤の王アバルジャン。魔族の王だ」

「魔王ってことか……。ザーラさん達は？　どうしたんだ？」

「自分達の村近くに送った。新しい記憶と宝石と共に」

「魔王は優しいんだな。……それじゃ、俺の記憶も消してしまうのかい？」

悲しげに言われ、赤の王は目を伏せた。

「すまない。だが、イシャークと約束したのだ。我が正体を決して君には明かさないと。……こうなってしまっては、君の記憶を消してしまうしかない」

「……一つ、頼みたいんだけど、いいかい？」

「え？」

「アバルの姿に戻ってほしいんだ。記憶を消されてしまうのはいやだけど、友達になら許せるから」

タユーンの言葉に、赤の王は不思議な感動を覚えながら、すぐさま少年アバルの姿をとった。

タユーンは泣きそうな顔をしながらも笑った。

「うん。魔王の姿はすごくかっこよくてきれいだったけど、俺はやっぱりこっちのアバルのほうが好きだ。……楽しかったんだけどなあ。ちくしょう。残念だよ」

「ぼくもだ。でも、約束する。君がぼくのことを忘れても、ぼくはタユーンのことを忘れない。ずっとずっと、大事な友として魂にしまっておく」

「そうか。……それなら、まあ、いいかな」

やってくれと、覚悟を決めたように目を閉じるタユーン。赤の王は彼のすぐ目の前に立ち、ゆっくりと言葉を紡《つむ》いでいった。

「君はベルヒムの町の外に出て、用足しをしていた。だが、ふいに物騒な感じの男達がやってきた。とっさに物陰に隠れた君に気づかず、男達は盗んだ宝石の分け前のことで争いを始めた。そして、愚かにも相打ちとなったんだ。男達が動かなくなったあと、君は震えながら隠れ場所から出て、宝石の入った袋をつかんで、町に戻っていく。誰にも見られず、誰にも知られることなく、大きな幸運を手に入れて。……これが君の物語。君の新たな記憶だよ。……アバルのことは忘れる。君だけでなく、イシャークもメシャンも、アバルのことは忘れてしまう。アバルなんて少年はいなかったんだ」

「アバルは……いなかった」

「そうだ。……我が友よ、火の加護が君にありますように」

赤の王は最後にタユーンの額にそっと口づけをした。


タユーンはできるだけ普通の顔をし、走りださないように気をつけながら、早足で人混みをかきわけていた。胸がどきどきしていた。胸にしっかりと抱えた袋が、ひどく重く感じられる。端から見ればナツメヤシなどが入っているように思えるだろう粗布の袋。だが、中身は宝石だ。紅玉《ルビー》、緑柱石《エメラルド》、黄玉《トパーズ》、青玉《サファイア》、紫水晶《アメジスト》に石榴石《ざくろいし》。

ありとあらゆる見事な宝石が、この中につまっている。そのことを知っているのは、自分だけだ。そして、イシャーク達のもとに戻り、無事に村に帰るまで、誰にもこのことを知られてはならない。用心しすぎず、それほどたいしたものは持っていないと、周囲に思わせなければ。

それにしても、なんという星のめぐり合わせだろう。用足しをしに町の外に出て、岩陰にしゃがみこんでいたら、いきなり盗賊の一味がやってきて、盗んだ宝石をめぐって殺し合いを始めるなんて、思いもしなかったことだ。

だが、これはタユーンにとっては幸運そのものだった。だから、盗賊達が全滅したあと、迷うことなく宝石の袋を持ち去ることにしたのだ。

これだけの宝石があれば、イシャーク達と一緒にもっと大きなキャラバンを作れる。馬やラクダを増やし、人を雇い、ガラス細工以外の商売もできるようになるだろう。

「そうなったら、紋章もいるよな。俺のキャラバンの旗印は……そうだな。赤い獅子がいいな。たてがみが炎に見える勇ましい獅子がいい！」

どうしてそんなことが頭に浮かんできたのか、タユーン自身にもわからぬことだった。だが、紋章にするならそれしか考えられなかった。

「イシャーク兄さんもメシャン兄さんも、この宝石を見たら目の玉が飛び出るぞ！　母さんもどんな顔をするかな？　ああ、商売を広げるとしたら、まず何から始めよう？」

これからのことに胸を高鳴らせながら、タユーンは足を進めていった。


タユーンをベルヒムの町外れまで送ったあと、赤の王はその足で青の宮殿に向かった。

荘厳かつ勇壮な赤の宮殿とは違い、青の宮殿は洗練された華麗さを誇っていた。壁も屋根も門も、様々な青の色彩を組み合わせ、驚くような美しさを生みだしている。

その主にふさわしく、青の王も気品ある美貌の持ち主だった。

突然やってきた赤の王に、青の王はにこやかに笑いかけてきた。

「よく来てくださった、赤の君」

「久しぶりだな、青の君。息災であったか？」

「はい。以前お会いした時は、絶世の美女であらせられたが、このたびのお姿はこれまた凛々《りり》しく、あなたらしいものですな。あなたは会うたびに違う姿をされておられるので、少々戸惑います。もっとも、その輝きは決して見誤ることはありませんが」

「そういう青の君は少し貫禄が増したようだ」

「ははは。親になれば、むしろ貫禄がないほうが困りましょう」

笑ったあと、青の王はしげしげと赤の王を見つめた。

「そのお姿を拝見するのは初めてですが……なにやら変わられた」

「そうかな?」

「はい。前よりもぐっと……いや、なんと言い表してよいのか、わからないな。何か変化でもありましたかな?」

心当たりはあった。

大砂漠の夜風。焚き火の匂いと温もり。パンの味。タユーンの笑顔と声。

この十日間は、数百年分の経験に勝る時間だった。

だが、そのことを青の王に言うつもりはなかった。

だから、赤の王はさりげなく話題を変えた。

「それより、君の姫君に会わせておくれ。贈り物も持ってきたから」

「そのような気遣いは……。私が生まれた時も、すばらしいものをくださったと、父から聞いておりますよ」

「だからこそだよ、我が友。君にも、君の父上にも、そして祖母君にも、予は常に誕生の贈り物をしてきた。それなのに、君の子供に何も贈らないわけにはいかないだろう？　さあ、早く会わせておくれ」

赤の王の願いはすぐに叶えられ、柔らかな月色の光に満ちた子供部屋へと通された。天井からは三日月の形をした銀の揺りかごが吊り下げられており、その中に赤子はいた。

生まれたばかりだというのに、赤子はくるくると渦巻く豊かな青い髪をはやしていた。大きな目は、青の王と同じ空と海を思わせる青色だ。

なんとも愛らしい存在を前にして、赤の王は大きく笑み崩れた。

「美しい子だ。青の君と同じ瞳をしている。だが、この蜂蜜のような金色の肌は奥方から受け継いだようだな。翼は？」

「まだです。はえてくるのは数年後になりましょう」

「そうか。名前は？　もう決めたのかな？」

「ええ。ラジェイラと名づけます」

「そうか。ラジェイラ姫。赤の王アバルジャンが君を祝福する。多くの喜びに満ち、笑顔をふりまく姫君になられよ。そして、この靴を履いて走り回れるよう、健《すこ》やかに育ちたまえ」
うとうととまどろみだした赤子に祝福の言葉をささやきながら、赤の王アバルジャンはそっと祝い靴を揺りかごの中に入れたのだった。

青の王バルバザーンの娘ラジェイラは、王座を継ぐ者として誕生し、ひたすらに愛情と祝福を受けた。青の都ナルマーンが生みだされる、四十五年前の出来事である。

5　青の再会

自分を呼ぶ声に、青の王ラジェイラはまどろみから目覚めた。

この声。切実な呼び声。

ああ、また役目を果たす時が来たのだ。

起きあがろうとして、自分の体があまりに重いことに驚いた。

また衰えたと、痛烈に感じた。

長寿を誇る魔族としては珍しく、ラジェイラの老化は早かった。青く長い髪には、すでに幾筋もの銀の房が混じっている。金のようになめらかだった肌にも、しわが刻まれている。

ここ最近、老化は急速に進みつつあった。医師である魔族ウダークが手を尽くして食い止めようとしてくれているが、薬もまじないも効き目はない。

とは言え、老いた自分の姿が、ラジェイラは嫌いではなかった。歳を重ねていくのも、これはこれで美しいと思う。ただ体が鈍くなっていくことはつらかった。かつてできていたことができなくなっていくのは、寂しいものだ。

身のこなしが風のように軽やかだった頃を懐かしみながら、ラジェイラはなんとか身支度を終わらせ、部屋を出た。

中庭に行けば、そこには幸いの虫アッハームが巨体を休めていた。ラジェイラの足音を聞きつけていたのだろう。アッハームの黄金色の目は開いていた。

「眷属《けんぞく》が呼んでいるの。私を運んでもらえるかしら、アッハーム？」

「喜んで、我が君」

うやうやしくアッハームはラジェイラを手ですくいあげ、自分の首にまたがらせた。ラジェイラがふさふさしたたてがみをつかむと、アッハームは極彩色の翅《はね》を羽ばたかせ、すぐさま空中へと舞いあがった。

「それでどちらに向かえばよいでしょう、我が君？」

「南の密林セバイーブへ」

「御意」

アッハームの飛行が始まった。静かで、だが速い。風は受けるが、乗っているラジェイラはほとんど揺れを感じなかった。おかげで、ゆっくりと考え事に耽《ふけ》ることができた。

「次の王は……誰にしたらいいのかしら？」

頭に浮かぶのはそのことであった。

たぶん、近いうちに自分の命は尽きるだろう。そのことは、眷属達も薄々気づいている。だからこそ、おののいている。王なき時代を知っている魔族は特にだ。

それについてはラジェイラも申し訳なく思っていた。自分が伴侶を持ち、子供を生んでさえいれば、眷属達を不安にさせることはなかっただろう。だが、例え眷属のためであっても、それだけはできなかった。誰よりも愛する相手がいたから。

その人の子ならほしかった。心の底から望んでいた。その望みは叶わなかったが、だからこそラジェイラはかたくなに跡継ぎを生むことを拒んだ。愛していない相手と無理やり番《つが》い、ただ役目を託す道具としての子を生む。それはあまりに罪深く悲しいことだ。子供に対しても、愛情よりも申し訳なさが勝るに違いない。

理由を知らない眷属達がどれほど懇願してきても、ラジェイラはこの決意だけは貫き通した。

青の王は子を望んでいない。

数十年かかったが、ようやく眷属達もあきらめ、受け入れた。そして、別の願いを口にするようになった。

次の王として、誰か一人、魔族を選んでいただきたい、と……。

それは当然の願いであり、ラジェイラもそのつもりであった。だが、肝心の相手がなかなか見つからなかった。

王となり、青の眷属達の守護者になってほしい。

ラジェイラが頼めば、どんな魔族も喜んで引き受けてくれるだろう。だが、それではだめなのだ。ラジェイラのためではなく、全ての眷属のために自ら申し出てくれる魔族にしか、この役目は託せない。

「いったい……どこにいるの？」

まだ見ぬ相手に向けて呼びかけた時だ。

アッハームの鐘を思わせるような声が響いてきた。

「我が君、着きました。セバイーブです」

「え？　ああ、ありがとう、アッハーム」

我に返り、ラジェイラは下を見た。黒々とした密林が広がっていた。だが、目指す場所はすぐにわかった。

「アッハーム。もう少し先へ。泉があるから、そこに私を降ろしてちょうだい」

「御意」

アッハームはすみやかに従い、ラジェイラを泉のほとりに降ろしてくれた。

「ありがとう。ここはあなたが降りるには狭すぎるでしょうから、しばらく近くを飛んでいてちようだい。ことが終わったら、また呼ぶから」

「おおせのままに、我が君」

風と共に、アッハームは飛び去っていった。

一人残ったラジェイラは、泉に向き直った。小さいが、底が見えないほど深い。水は澄んでいるが、悲しみと痛みと涙が混ざっている。

持ってきた愛刀の柄を、確かめるように握ってから、ラジェイラは泉に呼びかけた。

「シアラ、来ましたよ」

泉の水が盛りあがり、シアラが現れた。馬の上半身と魚の下半身を持つ彼女は、力強く美しい魔族であった。だが、右目はなく、黒く深い穴が顔に穿《うが》たれているかのようだった。そして、その穴の奥では、ちらちらと、胸がざわつくような禍々《まがまが》しい紫の炎が揺れていた。

無魂《むこん》の兆《きざ》しだ。魂が闇に堕《お》ちかけているのは明白だった。

無惨だと、ラジェイラの胸に悲しみがあふれた。こうなってしまっては、助けることはできない。命を絶つことで、魂を浄化するしかないのだ。

だが、シアラはまだ正気を保っている。シアラの最期をできるだけ安らいだものにしてやりたいと、ラジェイラは話しかけた。

「シアラ……何か私に望むことはありますか？　叶えたいことはありますか？」

「ああ、我が君……」

シアラの無事なほうの目に涙が浮かんだ。その水色の目には感動と感謝が満ちていた。

「青の君……至高にして最愛の王……よくぞ来てくださいました」

「シアラ……」

「はい。はい、お願いがございます。我が君に願うは浄化のみであるべきでございますが、なんとしてもお願いしたいことがあるのでございます」

シアラの揺れ動くたてがみが二つに分かれ、背中があらわになった。そこには子供が一人、抱きつくようにしてまたがっていた。

ラジェイラは息をのんだ。

一見したところ、人間の少女だった。印象的な金色の瞳を持ち、顔立ちも整っている。だが、少女からは二つの気配がした。人と魔族の気配が、曖昧に入り混じっているのだ。

「この子は……」

「キアラでございます。血はつながっておりませんが、私の娘でございます」

誇らかにシアラは言った。

「ですが、その子は人……」

「はい。人の子でございました。ですが、拾ったその日から、私の娘、宝となりました。片目を奪われた私が、ここまで耐え抜くことができたのも、このキアラがいてくれたからこそ」

「………」

「……それでも、一度は人のもとに戻そうといたしました。けれど、キアラは私を選んでくれました。私を母と慕い、共にいたいと望んでくれたのでございます。そのために人としての生を捨てるとさえ言ってくれました」

娘の希望を叶えるため、シアラは自分の血を少しずつキアラに与えるようになったという。血を受け、キアラはゆるやかに人から魔族になっていくはずだった。

だが、魔術が完成する前に、シアラのほうが限界を迎えてしまったのだ。

「しょ、正気を失う時が増えてきたのでございます。ひどく凶暴な気持ちに支配され、愛しいキアラのことすら、引き裂きたくてたまらなくなってしまうのが、ほ、本当に恐ろしくて……」

「だから、今夜、私を呼んだのですね？」

「はい……」

娘を手にかけてしまう前に、全てを終わらせたい。だが、このままでは終われない。

シアラは深く頭を下げながら、ラジェイラに頼みこんできた。

「我が君。なにとぞ我が娘にご加護を！　私が力不足であったため、今、この子は魔族とも人とも言えないものになっております。どうか、我が君の力で……あっ！　あああっ！」

シアラが甲高い悲鳴をあげた。その右目の奥にある紫の炎が、いっそう大きく燃えあがりだしたのだ。

「母！」

悶《もだ》えるシアラにしがみつくキアラを、ラジェイラはとっさに引きはがし、自分のもとに抱きよせた。そうして、声をはりあげた。

「シアラ・エラ・ディンガ！　願いは聞き入れます！　あなたの娘に私の加護を与えましょう！あなたの娘は安全です。何も心配はいりません。青の王ラジェイラが誓います！」

「おおおっ！」

迫り来る狂気に必死に抗《あらが》いながら、シアラが笑った。

「感謝、い、いたしま、す、我が君」

そうして、シアラは娘に目を向けた。

「幸せに、ね……我が娘……」

泣きじゃくりながら、キアラは叫んだ。

「母！　愛してる！　愛している！　今までありがとう！」

「愛し、て、いる。わ、私も……」

それがシアラの最期の言葉となった。無事であった左目からも、紫の炎が噴き出したのだ。

自分の体でキアラの視界を遮《さえぎ》るようにしながら、ラジェイラはすばやく愛刀を振るった。ラジェイラ自身の血を結晶化してある青い刃は、まるで稲妻《いなずま》のようにシアラの命を断ち切った。

長い間、キアラはシアラの亡骸《なきがら》に取りすがり、ただただ泣いていた。

キアラの気持ちが落ち着くまで、ラジェイラはそばについていた。親を亡くす悲しみ、愛しい者を失う切なさは、嫌と言うほど知っている。だからこそ、安易に慰めの言葉はかけなかった。沈黙が言葉に勝る思いやりになることもあるのだ。

やがて、キアラの涙が少しおさまってきた。今なら自分の言葉も耳に届くだろうと、ラジェイラは話しかけた。

「あなたを我が宮殿に連れて行こうと思います。そこで、本当の魔族に変えてあげましょう。その後のことは……いえ、まずはあなたの望みを聞かなくてはね。あなたはこれからどうしたいですか、キアラ?」

「………」

「あなたの母シアラと約束しました。どのような形であれ、私はあなたを守ります。できれば、幸せにしてあげたいとも思っています。そのためにも、あなたの望みが知りたい」

ごしごしと目をこすりながら、キアラはラジェイラを見あげてきた。悲しみはあったが、光は失っていなかった。

「これまでは……母のそばにいられればよかった。母と同じ魔族になりたいと、思っていました。でも、今夜、母のために青の君が来てくれた。……浄化される母を見て、悲しいけど嬉しかった。……キアラは青の君のようになりたいです。青の君が母を救ってくれたように、キアラも誰かを救える存在になりたいです！」

思いがけない言葉だった。衝撃を受け、ラジェイラは思わずよろめいたほどだ。そんなラジェイラを、キアラはまるで挑むように見つめていた。

動揺はなかなか鎮まらなかったものの、ラジェイラはなんとか自分を取り戻し、改めて目の前の少女を見返した。

キアラのまなざしは揺るがないものだった。

ふいにラジェイラは気づいた。

この娘は、ラジェイラに跡継ぎがいないことを知っている。知っている上で、自分が跡継ぎになると名乗りをあげているのだ。

「私はずっと……私の役目を継いでくれるものを捜していました。あなたが望むのであれば、青の王の座はあなたのものになります。ですが、これはつらい役目でもあるのですよ？」

「知っています。それでも……傷の痛みに苦しみながら、母はいつも言っていました。大丈夫だと。自分は魔物になり果てずにすむ。そうなる前に、青の君が来てくれる、と。とてもありがたいことだと、安心していました。さっきだって……すごく嬉しそうだった。キアラは……たくさん愛してもらいました。生みの母にも育ての母にも。だから……今度はキアラがたくさん愛したい。そういう存在になりたいです」

ああ、ここにいたのか。

ラジェイラの目から喜びの涙が一粒こぼれた。

ずっと捜していた次の王は、この娘だったのだ。この子になら託せる。他者を愛したいと望むこの子なら、青の眷属達をまかせられる。

大きく腕を広げ、ラジェイラはキアラを抱きしめた。

「あなたはすばらしい王になるでしょう、シアラの娘キアラよ」

喜びと確信をこめて、ラジェイラはささやいた。


三日後、青の宮殿にて、青の王ラジェイラはそっと息をついた。

「終わったわね……」

今、ラジェイラの前には大きな青い卵があった。その表面は細かな星で覆われているかのようにきらめき、ときおり炎が走るように鮮やかな濃紺のさざ波が浮きあがる。そして、トクントクンと、小さな鼓動を響かせていた。

キアラの鼓動だ。

規則正しいその音は、ラジェイラにとっては我が子の胎動《たいどう》そのものだった。

キアラを青の宮殿に連れ帰ったラジェイラは、少女を卵の中に眠らせた上で、三日三晩、休むことも眠ることもせず、ただひたすらに魔力を与え続けたのだ。力だけでなく、自分が預かっている青の眷属達の真名《まな》も。つまり全てを注ぎこんだわけだ。

今、キアラはこの卵の中で、ゆっくりと体を変化させていっている。数日後には魔王として孵《ふ》化《か》するだろう。魔族としての彼女は、いったいどのような容姿になっているだろうか。

その瞬間に立ち会えないのは残念だったが、それはあきらめるしかなかった。力を使い果たした自分には、もうあとわずかしか時は残っていないのだから。

その貴重な時間を、ラジェイラはきちんと使い切るつもりだった。

最後に卵に口づけをしてから、ラジェイラは部屋の外に出た。

忠実なワスラムがそこに控えていた。

「全てすんだわ、ワスラム」

「…………」

「無事に次の魔王は誕生するでしょう。もう何も心配はいらないわ」

言葉もなく、ワスラムはただぽろぽろと涙をこぼした。泣かないでと、ラジェイラはワスラムの涙をぬぐった。

「あなたのことはとりわけ好きだったわ。だからこそ、キアラのことをお願いね。あの子のことを支えてあげて。あの子が孵化したら、この指輪を渡してちょうだい。そして……みんなにはこう伝えて。大好きよ、と」

軽やかな別れの言葉は、とてもラジェイラらしいものだった。

そうして王の証《あかし》である指輪をワスラムに渡し、ワスラムの頬を撫《な》でたあと、ラジェイラはよろよろとした足取りで中庭に向かった。

幸いの虫アッハームが待っていた。

どんどん力が入らなくなる体を無理やり立たせながら、ラジェイラはアッハームに言った。

「あなたには本当に世話になったわ。それに楽しかった。ずっと私の翼でいてくれてありがとう、我が友アッハーム」

「我が君……私は別れの言葉は申しません。またいつか、別の形であなたに、いえ、あなた方にまみえることができると信じているから」

「そうね。私も信じている。でも今は……あなたが先に自由におなりなさい」

「……そうさせていただきましょう。ごきげんよう、我が君。またお会いするその日まで」

寂しさも未練も感じさせることなく、アッハームは飛びたっていった。

さあ、これで別れはすんだ。次はいよいよずっと待ちわびていた再会の時だ。

中庭の中央、それまでアッハームがいた場所に腰をおろすと、ラジェイラは胸に手を当てた。この五十年あまり、肌身離さず身につけていた首飾り。その中央にはまった大きな青い真珠《しんじゅ》を取り外し、ラジェイラは呼びかけた。

「待たせたわね、ハルーン。約束の時が来たわ」

とろりと、青真珠が溶け、光の粒が現れた。それは見る間に大きく膨らみ、一人の青年となってラジェイラの前に立った。背が高く、がっしりとした体つきで、野性的でありながら誠実な顔立ちをしている。

深い愛をたたえたまなざしをラジェイラに向けながら、青年はにっこりした。

「ラジェイラ。終わったんだね?」

「ええ。ハルーン。全て終わった。これでやっと、あなたと共に行ける」

同じほどの愛をこめて、ラジェイラは言葉を返した。

彼こそはハルーン。ラジェイラが愛したただ一人の存在だ。ただし、人間であったため、ラジェイラと同じ時を歩むことは叶わなかった。

だが、ラジェイラはそのことが受け入れられなかった。

一緒に歩むことができないなら、せめて、自分が死ぬ時まで、自分のそばで待っていてほしい。

彼女のわがままを、死期を迎えたハルーンは笑いながら受け入れてくれた。そうして、肉体を離れたハルーンの魂を青真珠に変えて、ラジェイラはずっと手元に留めていたのだ。

「本当に待たせてしまったわね、ハルーン」

「たいしたことはなかったよ。待つのも楽しかった。……おいで、ラジェイラ」

「ええ」

二人は手を取り合った。

その瞬間、ラジェイラの老いた体がみるみる若返っていった。青年ハルーンと同じ年頃の、花も盛りの乙女となり、彼の腕の中におさまったのだ。

「また一緒に旅できる日がついに来たね」

「ええ。どこに行こうかしらね？」

「どこにでも。君となら退屈はありえない」

「ふふふ、そうね。私達二人なら、退屈はありえないわ。……行きましょう」

「ああ、行こう」

しっかりと抱き合った二人は、風となって空気の中に解けていった。

6　夜風と共に

風を感じて、ユフスははっと目を開いた。長ったらしい書簡を読んでいるうちに、いつのまにか少し眠っていたらしい。

「しまったな。時間を無駄にしてしまった。……まだこんなに残っているというのに」

机の上に山積みにされた書簡を、ユフスは恨めしげにながめた。

子供達のための学び舎《や》の建設費。新たな商会の申請。他国からの商売の申し出。星祭りの日取り。争い事を仲裁してほしいという訴え。

次から次へと、問題や相談事がユフスのもとに持ちこまれてくる。というのも、今、ユフスは絹の都の領主として、都の全てを取り仕切っているからだ。

タビビア一派の謀反《むほん》から半年が経とうとしていた。

この半年間、ユフスは都のためにできるかぎりのことをした。イフメドの片腕だった彼は、領主の仕事を把握《はあく》していたからだ。そうして混乱する人々をまとめ、本来の日々が戻ってくるよう、力を尽くしたのはよかったのだが……。少々、やりすぎてしまったらしい。

おかげで、今では誰もがユフスを新たな領主として認めてしまっている。ユフス自身は、「自分はあくまで代理にすぎない」と言いはっているのに、周りは聞こうともしない。

なんともひどい話だと、ユフスはぞっとしていた。

領主の地位など、自分には不相応なものだ。少しもありがたくない。重なる激務と心労のせいで、髪もどんどん抜けているし。いっそ潔く剃《そ》りあげてしまったほうがいいのではないだろうか。

いや、それより夜逃げでもしてしまおうか。

真剣に悩みながら、ユフスは立ちあがり、開けっぱなしだった窓を閉じた。それからもう一度机に向かおうとしたが、結局あきらめた。目がかすんで、これ以上字を読める気がしない。肩も首も凝り固まってしまっている。

だが、肩を回しながら自分の寝室に戻ろうとした時だ。首筋を冷たい夜風がくすぐるのを感じた。

おかしい。今、窓を閉じたばかりなのに。どうして風が入ってくるのだ？

振り返り、ユフスは目を瞠《みは》った。

開け放たれた窓の向こう、露台のところに、なんとも不思議で優美なものが立っていた。

下半身は水滴を思わせる銀の鱗《うろこ》で覆われた馬だった。だが、四肢のくるぶしにはそれぞれ小さな青い翼がはえている。そして、上半身のほうはまだ幼い少女だった。その少女の顔は、ユフスにとって忘れられないものだった。

「ひ、姫様……」

「こんばんは、ユフス」

にこっと、キアラが笑いかけてきた。そのいたずらっぽい笑顔、声に、ユフスは改めてこれはキアラだと悟った。

だが、なんという変わりようだろう。姿形だけでなく、まとう色すら違う。黒かった髪は目も覚めるような藍《あい》色に、褐色だった肌は月を思わせる白に。

あの金色の瞳すら、とてつもなく深い青色になっている。

それでもだ。不思議なことに、今の姿のほうが本来のキアラのようにユフスには思えるのだった。

そんなユフスに、キアラはいたずらっぽく言葉を続けた。

「約束を果たしてもらいに来たぞ、ユフス」

「や、約束？」

「共に菓子を食べようと、約束したではないか。キアラは忘れていないぞ」

真顔で言われ、ユフスは笑いがこみあげてくるのを必死でこらえなければならなかった。

「し、失礼いたしました。今すぐ持ってまいりましょう。アバサの焼き菓子とメルフルはあるのですが、あいにく、シャーリの蜜《みつ》菓子は切らしておりまして」

「かまわない。それは次の楽しみとして取っておく」

「……ということは、また訪ねてきてくださると？」

「そのつもりだが、だめか？」

ちょっと不安げな顔をするキアラに、今度こそユフスは声をあげて笑った。

「だめなはずがないではありませぬか。姫様。どうぞ毎晩でも訪ねてきてくださいませ」

「さすがに毎晩は無理だな。キアラも色々と忙しい身の上になってしまったから」

「おお、そのことをじっくり聞かせてくださいませ」

「うむ、そのつもりだ。でも、ユフス、先に菓子を」

「あ、ただいまお持ちいたします！」

あたふたと、ユフスは菓子を取りに部屋を飛びだした。

エピローグ

忘れがたき御方。

青の王ラジェイラのことを、眷属達《けんぞく》はそう称す。

ラジェイラほど数奇な運命を駆け抜けた魔王はいなかったからだ。

麗《うるわ》しきバルバザーン王の子として生まれながら、人間に囚《とら》われた悲劇。

父王の骸《むくろ》を乗りこえて、手に入れた青き玉座。

ラジェイラはどの魔王よりも多くの眷属を手にかけ、その苦しみを一人で背負った。

そして伴侶も子も求めなかった。

王らしく生きながらも信念を貫いたラジェイラは、最期まで異端であった。

人間の娘キアラを世継ぎに選んだのだから。

人として生まれながら魔族に、そして魔王になったキアラを、青の眷属達は戸惑いながらも深く愛し、忠誠を捧げた。

他ならぬラジェイラが遺していってくれた王だったからだ。

このキアラもまた、異色の王として名を馳せた。王としての役目を全うしつつも、血ではなく絆を愛し、たくさんの養子を育て、その中の一人を世継ぎに選んだのだ。

青の王は血筋を残さぬ。

いつしか青の眷属達は自分達の王をそう見なすようになった。

王達の戯《たわむ》れ

2024年7月26日　初版

著　者　廣嶋玲子《ひろしまれいこ》

発行者　渋谷健太郎

発行所　株式会社東京創元社
〒162-0814 東京都新宿区新小川町1-5
電話　(03)3268-8231
https://www.tsogen.co.jp

装　画：橋賢亀
装　幀：内海由
印　刷：フォレスト
製本所：加藤製本

乱丁・落丁本は、ご面倒ですが小社までご送付ください。
送料小社負担にてお取り替えいたします。

ISBN978-4-488-02907-4 C0093